大活字本シリーズ

鷲田清一

大事なものは見えにくい

《上》

埼玉福祉会

大事なものは見えにくい

上

装幀　関根利雄

大事なものは見えにくい／上巻

目次

I　問い

II　行ない

Ⅳ　違い

I

問い

人生の「課題」

わたしは「いない」より「いる」ほうがほんとうによかったのか……。

六十近くまで生きてきて、この問いからわたしはまだ放たれていない。なにか他人の役に立てることをまったくしてこなかったわけではないし、またそうしようとときには力をふりしぼってもきた。けれども、わたしがいたせいで厄介なめ、難儀なめにあったひとも少なからずいる。わたしがいるせいで苦しんだひともいる。わたしとかかわることがなければ、別のもう少しはましな人生を送れたのではないかとおもうひともきっといるだろう。

「功罪半《なかば》す」という言葉があるが、わたしの存在もきっとそういうものなのだろう。とすれば、わたしはいなくてもよかったということになる。つまり、わたしは「いない」より「いる」ほうがほんとうによかったのかという問いに、わたしは結局イエスと答えられないことになる。

これとは少し違う意味で、いまは、じぶんの存在をそのまま肯定することがむずかしい時代なのだとおもう。ひとは仕事につくときに、これはほんとうにじぶんにしかできないことなのだろうかと、つい考えてしまう。じぶんがしていることになにか意味を見つけると、やる気が生まれるというのはひとの常だが、その意味を「じぶんにしかできないこと」というふうに考えることには無理がある。そんな仕事は長く仕事をつづけるなかでようやっと見つかったり見つからなかったりするものだからだ。

ひとはどうしてそんな無理な問いをじぶんに向けるようになったのか。それも仕事につく前に、あるいは仕事をしている最中に。

「近代」と呼ばれる社会を迎える前は、ほとんどの人生は出自で決まっていた。「生まれ」という、偶然的な存在条件に、たとえばどのような地域のどの階層に、どんな家族のもとに生まれ落ちたか、どちらの性に生まれついたかによって、人生の輪郭がほぼ決まってしまうような社会に、ひとは生きていた。そういう出自の偶然性に強く左右される社会から解放されることを願って、ひとは社会を「近代的」なものへと造りかえた。以後、（あくまで理念のうえでは）ひとはじぶんの存在をじぶんで選び、決めることができるようになった。家業を継がなくてもよくなったし、望めば高等教育を受けることもできるようになったし、人生の伴侶もじぶんで選べるようにもなった。

しかし、この自由を得ることによって、ひとは別の重荷を背負うことになった。人生の形をじぶんで選んだ以上、できあがったその形に責任があるのは、他でもないこのじぶんだということになったからである。この家に生まれたからこうなった、こうしかできなかったとは、もう言えなくなったのである。

たしかにひとの人生は、たいていは「功罪半す」という類のものなのだろう。なにかの達成はかならず他のだれかの犠牲をともなうものだろう。だとすれば、わたしは「いない」より「いる」ほうがほんとうによかったのかという問いについては、わたしは「いる」ほうがよかったとも言えるし、「いない」ほうがよかったとも言える、としか答えようがないということになる。

この問いは、生の側から発せられている。では、同じ問いを死の側から語りだせばどうなるか。「死は生に意味を与える無意味なのです」。ジャンケレヴィッチというフランスの思想家はこう語る。死んだら死にっきりというが、たしかに死は無意味である。しかし、みずからの死であれ他者の死であれ、ひとが死ぬという出来事は他のひとにときに大きな空白を、あるいは忘れがたい想い出を残す。そのかぎりで、死は「生に意味を与える無意味」であると言うことができる。

わたしの最初の問いは、わたしが「いる」という事実（わたしの「生」）は無意味ではなかったのかという思いから発せられている。が、その思いをジャンケレヴィッチの言葉に重ねあわせれば、「生」もまた「死」とおなじく「生に意味を与える無意味」だということになる。

この無意味と向かいあうことをわたしは「課題」と呼びたいとおもう。なにか解決しなければならない「問題」には「答え」がある。しかし、人生の大半の問題には最後の「答え」はない。しかし、「答え」がないからといって問いが解消するわけではない。わたしの最初の問いなどはその例だ。この問いには確たる答えがないまま、それと向きあうしかない。というか、それと取り組むことにその問いの意味の大半がある。ケアするわたしをわたしとして認知してくれない親しい他者のケアなどにおいても、ひとはケアすることの意味を見失いかける。そういう答えがすぐに見つからない問いをわたしは、人生の「問題」ではなく、「課題」とさしあたって呼んでおきたい。

納得

人生、いつの日に、納得がゆくようになるのだろうか。

哲学を三十年もやっているのに、たしかなことはなにも分かっていない。一つ分かると、その分かり方がほかに波及し、すべてを理解しなおさなければならなくなる。そうしてじぶんと世界を見る眼全体が変わってゆく。そのあいだにはもちろん抵抗もある。だから理解はジグザグに進んでゆく。理解とは時間のなかの出来事であって、だから、あのときは分からなかったけれどいまだったら分かるということも起こる。

二十歳の頃、「哲学とはおのれ自身の端緒がたえず更新されてゆく経験である」という、メルロ＝ポンティの言葉にふれて哲学の勉強を始めることになったので、人生分からないことだらけになっても、うきうきこそすれ、落ち込むということはない。哲学はその誕生以来、分かることよりも分からないことを知ることの大切さを教えてきた。分からないけれどこれは大事ということを知ること、そのことが重要なのだ、と。哲学はその意味で、ものごとの理由を、最終的に知りえなくとも「納得」はしたいという欲望のなせる業なのかもしれない。

わたしたちが生きるうえでほんとうに大事なことは、なかなか分からない。いや、大事なことほど分からない。たとえば、ものが在るということの理由、わたしがここにいるということの意味……。身近なものほどむずかしい。ちなみに顔ひとつとっても、それは他人にとってはわたしの存在そのものなのに、よりによって当のわたしだけはそれを見たことがない。どうしてそんな非対称の関係がわたしの存在にとって大きな意味をもっているのだろう。顔というのはいったいどういうものないしは現象なのか……と、考えだしたらきりがない。

そういう平衡のとりようのないアンバランスが、わたしたちの存在にはある。もやもやもやや、いらだちや、割り切れなさは、若いときだけでなく、一生つきまとうものだ。

だから、割り切れぬ思いにとらわれたとき、ひとは「なんかいらいらする」とか「しんどい」などと感覚的な語を吐きつづけるか、あるいは逆に、分かりやすい因果応報じみた物語にかんたんに飛びつく。いまならさしずめトラウマとかアダルトチルドレンなどといった言葉がそれにあたるのだろう。いまのじぶんの塞《ふさ》ぎを過去のある出来事の結果として了解することで、しばらくは、言葉にならない苛立《いらだ》ちやしんどさに切りがつくというわけだろう。

が、残念ながら、わたしたちはそれほど分かりやすくはできていない。わたしには、「人間はつねに分裂し、自分自身に反対している」とか「ひとは同一のことで泣いたり笑ったりする」とか、さらに「わずかのことがわれわれを悲しませるので、わずかのことがわれわれを慰める」といったパスカルの警句、つまり、ひとつのことが立ち現われるとかならずその裏面で反対のことが同時に頭をもたげるという認識のほうがよほどリアルだ。人間というのはよくよく一筋縄ではいかないものだとおもう。

家裁の調停員のひとからおもしろい話を聴いた。双方がそれぞれの言い分をぶつけあったはてに「万策尽きた」「もうあきらめた」と観念したとき、話しあいの途《みち》がかろうじて開ける。訴えあいのプロセス、議論のプロセスが「尽くされて」はじめて開けてくる途がある、というのだ。

ここで開けてくるのは理解の途ではない。「理解できないけれど納得はできる」とか「なにも解決はないけれど納得はできる」というときの、その納得の途だ。

納得は、もがき苦しんだ後にしか訪れない。とりわけ家族のあいだのもめ事においては、たがいにとことん言葉をぶつけあい、ののしりあったはてに、相手がじぶんと同様、土俵から降りずにおなじ果てしない時間を共有してくれたことそのことにふと思いがおよんだ後にしか、納得は生まれない。そこではともにもがき苦しんだその時間の確認が大きな意味をもつ。

聴くというのも、話を聴くというより、話そうとして話しきれないその疼《うず》きの時間を聴くということで、相手のそうした聴く姿勢を察知してはじめてひとは口を開く。そのときはもう、聴いてもらえるだけでいいのであって、理解は起こらなくていい。妙に分かられたら逆に腹が立つ。そんなにかんたんに分かられてたまるか、と。

じぶんの人生に納得するというのも同じで、そういうもがきや苦闘の時間をじぶん相手に確認できるかどうかにかかっているようにおもう。

〈わたし〉にできること、できないこと

「わたしは何のためにここにいるのだろう？」「こんなわたしでもまだここにいていいの？」……。

自己の存在理由をめぐるそんな問いに、幼いと言ってもいいような

年頃からさらされているというのは、悲痛なことである。

このような問いは、かつては、寝たきりになって他人に世話をしてもらうばかりで、何の役にも立っていない（と思い込む）、そんな高齢者が抱え込むものであった。あるいは、仕事や生活にひどい違和を感じて、人生の道に迷う、そんな大人たちが抱え込むものであった。ところが、現代社会では、こうした問いに、十代どころか小学生のあいだからさらされている。じぶんでも理由がよく分からない自己否定の感情、ないしは焦りやあきらめを、内に深くため込んでいる。

一方、かつてアイデンティティ・クライシス（同一性の危機）と呼ばれた自己証明への焦りは、そののちもずっと、ひとびとを苛《さいな》むことをやめていない。「自分探し」や「自己啓発」といった言葉を口にしながらひとびとはさまよい、「自己決定」や「自己責任」という名の強迫（ときには抵抗の意識）も、強まるばかりだ。言ってみれば、だれもが「アイデンティティ」への問いに苛まれる社会……。

が、これは異様な光景なのだろうか。

「近代社会」においては、ひとはみな同じ「一」としてある。どんな家系、どんな職業、どんな階層の出であっても、どの性に生まれても、そうした出自にかかわりなく、個人として尊重されるという、平等の理念をもとにつくられてきた。その個人は、それぞれがみずからの考えにそって生き方を選ぶ、そういう自由への権利をもつものとされた。

そうすると当然、じぶんがだれかはじぶんがこれまでなしてきた選択の結果であるということになるが、実際にはむしろ、みずから選択するというよりも選択させせられてきたという思いのほうが強い。高度な社会システムが複雑にからみあうこの巨大な社会のなかでは、ひとびとはこれらのシステムにぶら下がって活動するしかない。業務につくひとも、そもそも資格と能力のある人だったらだれでもよいわけで、各人はいわばいつでも交換可能な存在とみなされる。だからこそ、じぶんがじぶんであることの証明がじぶんに対して必要になる。「わたしは何のためにここにいるのだろう？」という問いは、その意味で、「近代社会」ではだれもが潜在的なかたちで内に抱え込まざるをえないものなのだ。

何をするにも資格と能力を問われる社会というのは、「これができたら」という条件つきでひとが認められる社会である。裏返していうと、条件を満たしていなかったら不要の烙印《らくいん》が押される社会である。そのなかで、場合によっては、学校や家庭のなかでも、ひとはいつもじぶんの存在が条件つきでしか肯定されないという思いをつのらせてゆく。じぶんが「いる」に値するものであるかどうかを、ほとんどポジティヴな答えがないままに、恒常的にじぶんに向けるようになる。会社で、学校で、そして家庭のなかでも。

ひとびとが公式の関係をはみ出たところで、何の条件もつけないでたがいにその存在を肯定しあえるような「親しい」関係を求めるのはそういうわけである。鬱屈《うっくつ》した気分のなかで、男も女も、そして子どもも、じぶんを肯定できないという疼《うず》きに苛まれている。そして、何もできなくてもじぶんの存在をそれとして受け入れてくれるような、そういう愛情にひどく渇いている。「つながっていたい」「ぬくもりがほしい」という気持ちから、じぶんをこのままで肯定してくれる友だちや恋人を求めてゆく。

が、たがいが存在をそっくり肯定しあうような関係は重すぎる。裏返していえばそれは、他人にこのじぶんの存在をそっくり肯定してほしいという、深い相互依存の関係でもあるからだ。そのひとがいないと生きてゆけないという、逆の危機にひとを誘い入れるからだ。

いまわたしたちにほんとうに必要なのは、そういうねっとり密着した関係ではなく、距離をおいてたがいに肯定しあう、そういう差異を前提とした関係なのだろう。〈わたし〉という個は、自己自身との関係のなかでではなく、〈わたしたち〉の社会的な組織のなかで編まれつつ、いわばその特異な点としてかたちづくられる。他者たちによる承認はそこで大きな役割をはたすが、受け身でそれを待っていれば、相も変わらず依存のなかにしかいられない。

それよりも、〈わたし〉という小さく壊れやすい存在が〈わたしたち〉というつながりのためにいったい何ができるか、その寄与のあり方をみずから模索することが必要だとおもう。家庭であれ地域社会であれ、じぶんがはたしうる小さな「役割」を考えること、どうしたらたしかな父に、母に、隣人に、そして市民になりうるかを考えなおすことから始めることが重要かとおもう。

あえて遠い居ずまいで

これからつこうとしている仕事がほんとうにじぶんに向いているのかどうか、あるいはこれまでずっと励んできた仕事がほんとうにじぶんに向いていたのかどうか、そんなことはきっと最後まで分かりはしない。じぶんにはこれしかできなかったとか、理由はよく分からないが気がついたらずっとこの仕事をやっていたなどというのが、せいぜいのところだろう。

ずいぶん前のことになるが、いまは亡きダニエル・シュミット監督の「書かれた顔」という映画を観た。坂東玉三郎に魅せられた彼は、熊本の八千代《やちよ》座へ、愛媛の内子《うちこ》座へと玉三郎を追いかけ、映像におさめる。それと並行して、玉三郎を主人公にした夢幻劇が展開されるのだが、そのあいだに大野一雄、武原はん、杉村春子ら「古老」の舞や語りがはさまる。スクリーンを観ながらわたしが不思議におもったのは、なぜこの四人なのか、ということだった。

しばらくしてはたと気づいたのは、彼らがいずれも役を演ずるにもっとも不都合な体つきをしているということだった。女形をやるには玉三郎は背丈が高すぎる。少女を演じる大野は皺《しわ》だらけである。女を舞うには武原は肩幅が広すぎた。杉村にいたっては、いわゆる美形ではないので若い頃から母親役ばかりまわってきた。

女を演じるのに不利な体軀《たいく》だからこそ、生まれついた自然の性をいったん脇に置いて、じぶんの目で女性をしっかりと観察し、あらためてじぶんのなかから〈女〉としてのある局面を引っ張りだして料理する。じっさい、映画のなかで杉村は、「女が女をやると何かが足りない」と言っている。この言葉をさらに一歩進めると、〈女〉とか〈男〉というのは、それじたいが演じられるものだということになりそうである。

化粧もせず、面や衣裳もつけず、それらしい舞台装置もないまま、一人でいろんな人物を演じ分ける藝がある。そう、落語である。五代目古今亭志ん生の藝について、国文学者の荒木浩はこんなふうに書いている。

「志ん生は、人物ごとに声柄や口調を変えずにしゃべり、どの人物を聞いても、自分と登場人物とを混然一体のように演じる。志ん生の声や顔をした武家や、志ん生の声をした女を語っている」(『日本文学二重の顔』)。

考えてみればおもしろいものである。演ずる役とまったく異なる顔、異なる外見、異なる声で、別の人物になりきるのだから。観るほう、聴くほうも、その落差にとんと惑わされない。〈女〉と〈男〉どころか、固有の名をもった〈ひと〉だって、じつは演じられる存在なのかもしれない。だから別の人間がそれになりきることもありうる。

そこで冒頭に返って、だから、ある仕事がじぶんに向いているかどうかなどと思い悩むのはあまり意味がない。

「人格」をあらわすパーソンのラテン語源「ペルソナ」がもとはとい

えば演劇で使う「仮面」を意味していたことは、なかなかに深い洞察が含まれている。

プライドということ

プライドについては、少し誤解があるようにおもう。

プライドというと、なにか他人にできないような偉業を達成したときに当人のなかに生まれるもののようにおもわれている。他者によるそれへの評価が当人がおもっているほどに高くないときには、だから「プライドを汚された」と言う。

だからまた多くのひとは、プライドをもつべく、じぶんだけがもっていて他人にはないような能力だとか素質を必死になって探す。言ってみれば、わたしがわたしとしてここにいる理由ないしは根拠がほしいのである。かってよく口にされた「自分探し」というのも、プライドをもてないそういう焦りがそれを駆ったという面があるとおもう。

けれども、他のひとにはなくてじぶんにしかないものというのは、そうそうたやすく見いだせるものではない。どんな能力をもっていても、どんな素質に恵まれていても、さらにはどんな資格をもっていても、それらはじぶんだけがもちうるものではなく、別のだれかももちうるもの、もっているはずのものだからだ。それは自分が備えている特性の一つではあっても、わたしがわたしである理由にはならない。それに、特性は、なくす怖れがある。歳をとれば、そういう特性の多くはしだいにじぶんのなかから脱落してゆく。いまこういう特性を活かしてこういう任務についているが、その特性も任務もいつ他人に奪われるかしれない……。そういう怖れにいつまでも苛《さいな》まれる。こういうプライドは、いつ失うやもしれぬという不安と裏腹である。

これとは反対に、プライドは他人から与えられるものだと考えることはできないか。他人に大事にされるとき、「もしあなたにこれができたら……」などという条件もつけないで、わたしがこのままで他人に大事にされていると感じられるとき、ひとはじぶんの「いのち」をそんなに粗末にはできないはずだ。

もし一週間、職場や学校を休んで、そのあとオフィスや教室に復帰したときに、だれからも何も訊ねられなかったら、ひとはじぶんはこここにいてもいなくてもいい存在なのだと、深く傷つくであろう。だれかが「どうしていたの？」と訊ねてくれれば、ひとはじぶんがここにいることにはそれなりの意味があるのだと、じぶんの存在に少しは自信をもつだろう。他者にとってじぶんがなにか意味のある存在であることを身に沁みて知っていること、それがおそらくはひとがおのれの存在にプライドを感じうるための条件である。その意味で、プライドは、他者による是認や他者からの注視によってこのわたしに贈られるものなのだ。

職場や教室が、あるいは休息のスペースが、厚い思いやりをもって整えられていると、ひとは、わたしは会社に（あるいは学校に）こんなに大事にされているのだと感じることができる。むかしの会社や学校の造りが、いまの会社や学校と比べて、相当に贅沢な造りになっていたのは、むかしのひとが社員や地域の子どもを大切におもっていた証しであろう。そういうときは、ひとはじぶんをもっと大事にしたのではないだろうか。プライドの根拠など問わずに、もう少しは堂々としていられたのではないだろうか。

わたし自身も大学・大学院にいた九年間、奨学金をいただいていたが、いまになっておもえば、見知らぬひとたちから学生としてのわたしの存在が大事にされていたのだとおもう。その意味で、プライドを養ってもらっていたのだとおもう。その頃のわたしは、じぶんがこういうお金をいただく資格があるのかと問うことはあっても、また学問の「腐敗」に絶望することはあっても、学ぶこと自体に疑問はもたないでいられたのだから。

身を養うということ

ある日、芸術系の大学で教えている友人と、いつものように何とはなくおしゃべりをしていて、話がおもしろい方向に展開しだした。いつもなら、最近の注目株、といった話題になるのだが、その日は妙にくそまじめに、そもそも俺たちは何をしに美術館に行っているのだろうという話になった。

彼の説はこう。

美術館に行くひとには、三つの動機がありうる。一つは、見たかったのにこれまで見られなかったものに、やっと出会えるというもの。いま一つは、これまで一度も見たこともないようなものに出会えるかもしれないというもの。そして三つ目は、見なければならないものだから見に行くというもの。

これ以外にも、みんながいいと言うから見に行くとか、空き時間ができたのでふと立ち寄るといったやや他動的な理由も考えられるだろうが、いまは除外しておく。

さて、一番目の動機は、美術ファンのほとんどが共有するものだ。二番目の動機も、たしかにそういう面があるとおもう。見たこともないような新規なもの、すぐには理解しがたいようなものにふれることで、芸術を見る眼、ひいては世界を見る眼を洗いなおしたいという思いは、プロ、アマいずれにおいてもかなり強いものがあろうとおもう。

問題は三番目だ。見なければならないものとは何かということだ。どうしても見たいわけでもなければ、ぞくぞくするような未知の刺激を浴びるようにはおもえないけれど、それでも一応見ておかなければならないもの。

じぶんの好きなもの、じぶんを揺さぶるであろうものに惹かれて美術館に行くのではなく、見なければならないから行くというのは、一見、消極的な動機であるかにみえる。けれども、じぶんのまなざしに別の補助線を入れることで、まなざしの構えというか入射角というものをつねに調整しておくことは、美術における変化の徴候、あるいは未知の表現をキャッチするにはとても大切なことである。その補助線の一つが、じぶんをこれまで惹きつけることはなかったけれど、少なからぬひとが評価してきた表現の水脈である。

ここで「教養」という言葉がふと思い浮かぶ。「教養」とは、一言でいえば、何がほんとうに大事で、何が場合によってはなくしてもいいものかを見分ける力のことである。ものごとの軽重の判断がつくこと、と言いかえてもよい。

そういえば以前、内田樹《たつる》さんが『街場の現代思想』のなかで、大学の講義で学生がまず身につけなければならないものとして、次のような能力をあげていた。「なんだかまるで分からないけれど、凄そうなもの」と「言っていることは整合的なんだけれど、うさんくさいもの」を「直感的に識別する前‐知性的な能力」である。

ここに「教養」の原型があるとわたしもおもう。こうした「前－知性的な能力」を身につけるためには、関心があるないにかかわらず、多様な思考や表現の冒険にいったん身をさらさなければならない。じぶんの関心とはさしあたって接点のない思考や表現にもふれなければならない。そのなかで、じぶんの興味とは異なる補助線を立てることで、より客観的な価値の遠近法をじぶんのなかに組み込まなければならない。要するに、世界を受けとめるキャッチャー・ミットをとにかく大きくしておくということだ。

しばらく前に耐震偽装が大きな問題になり、その後も食品への異物混入や巧妙なＩＴ詐欺、天下りした役人による談合や年金記録の紛失などといった不祥事が続いたけれど、そして世の中が大騒ぎになったけれど、これらの事件を忘れるのもとにかくはやい。まるでみんな、普遍的健忘症にかかったかのようである。

なぜこんなにもはやく忘れるのか。一つ一つの事件を、それらがどのような構造的な要因のなかから生まれているのか、何が表層的な徴候で、何が構造そのものの軋《きし》みであるかの判断を、大きなスケールの価値の遠近法のなかでなさなかったからである。すべては走馬燈のように、感情の表面を次々とゆらめかせただけだからである。

まなざしがどれほど遠くまでおよぶか、どれほど深く測鉛《そくえん》を垂らせるかは、おそらくはそのひとの「教養」にかかっている。そのためには、これまでじぶんの関心の外にあったけれども「一応は見ておかなければならないもの」に、ふだんから触れつづけておく必要がある。

身を養うというのは、そういうことだとおもう。

だれもじっとしているわけではない

長年、「哲学研究」なんぞをなりわいにしてきたので、世間からすればつい変な問いにとらわれてしまう。むかしからどうしても謎が解けず、いまだにふとした拍子によみがえってくるのが、「世界はどうして揺れないのか」ということ。地震のことではない。仕事をしているとき、通勤をしているときなどに、ふとおもうことだ。

頸筋《くびすじ》が凝り固まって、あたまをぐるぐる回す。トイレに向かう。駅に向かって急ぐ。わたしの視線はその間、たえずいろんなところをさまよい、身体ごと揺れる。視野にあるものがことごとく大きく揺らぐのだ。なのに床や大地はどっしりしていて動かない。そう、ガリレイではないが、「それでも地球は動かない」のだ。ジョギングしていて、大地がぐらぐら揺れて見え、船酔いしたようになった、などとは聞いたことがない。見えるものは一時たりともじっとしていないのに、世界はどうして揺らぐことはないのか……。

たえず動いているもののなかでどうして不動のものがなりたってくるのか。これ、考えだすとなかなか手ごわい問題で、いまもってきちんとした答えは出ていない。哲学でも心理学でも。

時間についても、じつは同じことがいえる。わたしたちは「時の流れ」という、ある動かない枠のなかでじぶんがいまその一点を占めているとおもっている。流れのなかにあってじぶんもいっしょに流れているのに、じぶんではおよそ立ちえない時間の外、つまり川の流れでいえば河岸に立って、それを流れの外から見ているかのような錯覚に陥っている。そしてあれから何年経ったとか、いまじぶんが老境にさしかかったとか、平均寿命まであと何年ある……などと、さもありそうに語りだす。

この錯覚は、他人が生きている時間にかかわろうとするときに、よりはなはだしい錯覚を生む。芹沢俊介さんと米沢慧さんの対談『老いの手前にたって』を読んでいて、芹沢さんのどきっとする発言にふれた。多くの男性が定年とともにいきなり老いの段階に入ってゆくのに、主に専業主婦である妻たちは子育てが終わって以降の二十年前後を

「孤独な時間」として、老いの前に独りで生きなければならない。このずれが家庭の危機の根っこにあるというのだ。

「女性たちは、危機を仕事やカルチャーセンターに通うなどして多様に乗り切った。現在の中高年女性がいきいきしているように見えるのは、ライフサイクル第三期の問題を一人乗り切ろうとするなかで〈自分〉というテーマに出会ったからに違いないのです。そうかんがえないと、たとえば二十年も連れ添った夫婦の離婚が激増している理由がわからない。彼女たちは何を大切にしたくて離婚を決断したのか、ぼくは〈自分〉だとおもう」。

長寿化した社会では、ほんとうは男性もまた定年退職以後、同じ段階を迎えるはずなのだが、女性とちがって老いの段階と重なるために、そのことが見えにくい。同じようになって、妻たちがかろうじてもちこたえた「孤独の時間」がじぶんのこととしても見えたときには、もう遅い。同じ時間のなかをともに流れているという感覚はもうなりたたない。ふたりはすでに、二つの別の流れのなかに住まっているのだ。

ひとはそれぞれの時の流れのなかに住まっている。同じ流れのなかに、というのは、じつは虚像であり、ちょうど二つの異なる列車がたまたま同速度で並行しているときに、二つの列車に別々にいるひとがたまたま同じ時間を共有していると思い込むだけの話だ。相手の別の流れへの想像力をじゅうぶんにもたないと、速度はずれ、気づいたときには列車は遠く離れている。そういうずれが、ひととひとのあいだにはよく生ずる。別の流れのなかを流れているどうしが、流れるままにその流れを同調させあうという意識的な努力が、齢を重ねたひととひととのあいだではいっそう必要になってくるようにおもう。

「忘れ」の不思議

眼鏡をどこに置いたか忘れる。数分前にかかってきた電話のことを忘れる。何かをしに行って、何をしようとしていたのか忘れる。さっきごはんを食べたことを忘れる。道を忘れ、やがて目の前のひとがだれかが分からなくなる……。

このように、「忘れる」ということが、認知症に苦しむひとたちの行動の大きな特徴としてたしかにある。けれども、「もの忘れ」は、記憶が抜ける、記憶が消えると言いかえるには、あまりにも複雑な様相をしめす。

たとえばいましがた言ったこと、ときに十数秒前に言った説明も忘れて、同じ質問をするというのは、たしかに直前に聞いた答えを忘れているということではある。けれども質問じたいはずっと変わらない。つまり、こだわっていること、気になることは、ずっと手放さず、意識を占めている。翌日になれば、そのこだわりじたいも忘れるのだが、ちらっとでもそれにかかわる事柄が話題になると、また前日のこだわりが反復される。忘れてはいないのだ。

これを「忘れていない」と言い切ることにためらいを憶《おぼ》えないではない。「忘れていない」のではなく、こだわりのポイントが変わっていないと言ったほうがいいのかもしれない。

そのこだわりのポイントは、わたしがこれまで見聞きしてきたところでは、幼児期の思い出や血筋にかんすること、プライドにかかわること、損得に、あるいは所有にかかわることに集中する。とりわけ、幼児期の体験の記憶はあっとおどろくほど精密で、代わりに長い夫婦生活の記憶はすっかり拭い去られている。母の介護のなかでこれを目の当たりにした友人は、妻の記憶からじぶんが消えないように、「もう手遅れだろうが」と言いつつ、食後の皿洗いに精出すようになった、そうだ。

それらへのこだわりは、忘れるどころか過剰なまでに執拗《しつよう》だ。説明しても説明しても結局「納得」ということが起こらない。

どんなテーマだったら、すぐに火が点くのか。どんなテーマだったら、心を素通りするのだろう。

プライドもたしかに重要なポイントだ。たとえば、法事なんかがあると、親戚に会うと思っただけでストレスがかかる。何かミスをしないかと心配になるにちがいない。けれど、それなら欠席すればと言われると、プライドが許さない。そして、それが重ねて心に負担をかける。じぶんの「忘れ」が悟られはしないか、それがいちばんの気がかりなのだろう。その意味では、「忘れ」がひどいことを忘れてはいないのだ。

高齢になったひとたちを眺めていて不可解なことが、もうひとつある。歳がゆけばゆくほどのんびりしていいはずなのに、歳がゆくほどせっかちになる。待つということができなくなる。あるいは、歳がゆけばおっとりとして、何事にも無頓着《むとんちゃく》になると考えるのは早計。反対に、「あんなに穏やかだったひとが……」ととまどうばかりにアグレッシヴになる。これも不思議なことだ。歳がいけば「そんなこと、わたし知らんわ」と無責任になるはずが、逆にかつての知識を盾に、「そんな大事なことをいいかげんにして……絶対あかん！」と、まわりの者を責めだす。

おまけに、もうひとつ。おとしよりは、都合の悪いことは聞こえないのに、褒《ほ》め言葉はちゃんと聞こえる。聞かれたらまずいとおもっていることはちゃんと聞こえてしまうのに、大事なことはなかなか聞こえない。

何かが意識にこびりつき、何かがどうしても意識にひっかからない……。この機制、とても不思議である。が、よくよく考えれば、それぞれの年代に同じことが起こっているはずなのだ。子どもの頭を占めているもの、中年の意識をがんじがらめにしているもの……。それぞれにみな、同じ機制のなかを動いているにちがいない。おとしよりのそばにいて不思議なことはみな、不思議と思うひと自身に送り返される。

死の経験

「死んだら死にっきり」と、ひとは言う。死にいろいろ意味づけをするのは生きているあいだ、つまり死ぬ前である。また、死ぬとはそもそも経験や記憶が不可能になることだから、死の経験というものもありえない。その意味で、死はいつも不在のものであり、いつも思うだけのものであり、最後まで経験できないものであり、つまりそれはどこまでも経験の彼方《かなた》にある。経験の消失のなかでひとも消えてゆく……。そう、ひとは死んだら死にっきりである。

が、これまたあたりまえのことだが、わたしは独りで棺桶《かんおけ》に入ることはできない。湯灌《ゆかん》や死亡届や葬儀など死後の措置もじぶんではできない。わたしの死は、わたしの意とはかかわりなく、少なからぬ他のひとたちをいやでも引きずり込む。これまた言わずもがなのことだ。

それだけではない。わたしが生前、いかに取るに足りない存在であったとしても、わたしの死はたぶん、わたし以外のだれかにとって、たとえごくごく小さくとも、やはりなにがしかの意味はもつはずだ。「ばかなやつだった」「なさけないやつだった」というような、否定的な意味あいであっても。だから、わたしの死がいかなる他者にとってもひとつの事件になりえないのだとしたら、わたしは生きているときからすでに死んでいると言ってもいい。

そう考えると、「死んだら死にっきり」という物言いはとても自己中心的な物言いであり、わたしが死んだら別のだれかが、深い喪失体験とまでは言わないにしても、すくなくともわたしの死後の処置を引き受けなければならないというごくごくあたりまえの事実への配慮を欠いた、手前勝手な考えとしか言いようがない。

だから死について考えるときは、だれかの死とはひとびとのあいだで起こる出来事であるという、そういう地点から考えはじめる必要がある。

〈わたし〉の存在は、だれかある他者の宛先となることではじめてなりたってきた。〈わたし〉の存在とは、だれかの思いの宛先であるということ、ヘーゲルやキェルケゴールといった哲学者の言葉を借りれば、「他者の他者」であるということだ。わたし以外のだれかの他者であることによってはじめて、いいかえると、だれかある他者に「あなた」「おまえ」と名指されることによって、わたしたちはひとりの〈わたし〉になる。だから、死というかたちでの、わたしにとっての二人称の他者の喪失とは、「他者の他者」たるわたしの喪失にほかならない。

二十年以上も前のことになるが、わたしの母が死んだときに、ドイツ人の恩師は「家族の死は自己自身の一部の死です」という言葉を、海の向こうから書き贈ってくださった。二人称でかかわりあってきた他者の死は、その意味で、わたし自身の一部が壊れる、喪《うしな》われるということなのだと、恩師は語りかけてくださった。

これを逆転すると、わたしの死も、「死んだら死にっきり」ではなく、だれかある他者のなかになにがしかの死をもたらしているはずだということになる。わたしもまた「あなた」「おまえ」と呼びかける他者をもっていたかぎりで。

そうすると、ひとがほんとうに経験できる死というのは、自己の死ではなく、他者の死であると言えそうだ。知らないひとの死は、死の情報であっても死の経験ではない。死の経験というのは、じぶんを思いの宛先としてくれていた他者がいなくなるということの経験、そう、喪失の経験なのだ、と。

わたしをその思いの宛先としていた二人称の他者の死は、わたしのなかにある空白をつくりだす。以後、わたしの思いはいつも「宛先不明」の付箋《ふせん》をつけて戻ってくるしかない。その意味で、そのときわたしもまた、死んでしまう……。この意味で、死の経験は「二人称の死」を基本とする。

Ⅱ　行ない

「何やってんのやら」――裏版・リーダー考

「何をやってんのやら」。

所信表明の直後にその首相が辞任したあとの政治の空白。横綱の処分、力士の怪死にさっと手の打てない角界の幹部。だれも責任をとらない、だれも動かない、事の重大さが分かっていない……。で、「何をやってんのやら」なのである。そんななか、リーダーたるものの資質を問う声も当然、大きくなる。

書店には、トップや管理職のための経営指南書があふれている。明確なヴィジョン、統率力、「わたしが全部責任をとるから」といった潔さ、社員とのフラットな関係まで、リーダーの心得を説くマニュアルもどっさり。こうした類に飽き足りないひとは、かつての武将や豪商、政治家の評伝からリーダーとしての心構えを学ぶ。

そんななかで一つだけ、味があるなあと感心した言葉がある。電機業界の方から聞いた話なのだが、松下幸之助はかつて、一堂に会した自社の管理職員の前でこう説いたという。成功するひとが備えていなければならないものが三つある。それは、「愛嬌《あいきよう》」と「運が強そうなこと」と「後ろ姿」だと。そしてそのあと、あなた方はただ運がよかっただけだと、きつい皮肉を飛ばしたというのである。

「愛嬌」のあるひとにはスキがある。無鉄砲に突っ走って転んだり、情にほだされていっしょに落ち込んでしまったりする。だからまわりをはらはらさせる。わたしがしっかり見守っていないと、という思いにさせる。

「運が強そうな」ひとのそばにいると、何でもうまくいきそうな気になる。その潑剌《はつらつ》とした晴れやかな空気に乗せられて、一丁こんなこともやってみるかと冒険的なことにも挑戦できる。

だれかの「後ろ姿」が眼に焼きつくときには、見ているほうの心に静かな波紋が起こっている。言葉の背後に秘められたある思いに想像力が膨らむ。何をやろうとしているのか、何にこだわっているのか、そのことをつい考える。

そう、見るひとを受け身ではなく、能動的にするのである。無防備なところ、緩んだところ、それに余韻があって、そこへと他人の関心を引き寄せてしまうからだ。

軸がぶれない、統率力がある、聴く耳をもっているなどといった心得も、たしかに大事であろう。が、この隙間《すきま》、この緩み、この翳《かげ》りこそ、ひとの関心を誘いだすものである。組織とはいうまでもなくひとの集団だ。一人一人が受け身で指示を待つのではなく、それぞれにそれぞれの能力を全開して動くそのときに、組織はもっとも活力と緊張感にあふれる。

どこかの総裁にも、どこかの理事長にも、こうした隙間や翳りは見えなかった。ほころびがあってはならないという「優等生」の感覚。それは上に対してずっと受け身できた者が上に立ったときの特性である。これがおそらく、このたびの迷走の隠れた要因なのであろう。が、これはわたしたちの社会の問題でもある。密着か離散かに極端にぶれてしまういまの家族のあり方。同じか同じでないかを判別することからはじまる級友たちの関係。不祥事が起これはすぐに「犯人」を捜しだし、弾劾《だんがい》をはじめるひとびと。「報道」という名のイメージの送信に、思考を介さず直情的に反応してしまう視聴者たち……。含みや奥行きや弾力が、この社会からもぐっと失せてきた。

社会が強《こわ》ばってきたときに、わたしたち一人一人にいちばん必要なもの。それは、窮地に陥っても、伏せ、かわし、いなし、反りかえり、踏みこたえ、うっちゃるという「しなり」の技だ。いうまでもなくこれは、相撲界が、そして政界が、長い時間をかけて磨き上げてきたはずのものだったのだが。

「遺憾」だけはいかん！

あの謝罪会見というのは何とかならないか。きまって男性が三人でやるあの会見である。

どんな重大な事故や不祥事が起こっても、責任者による会見では、「遺憾に存じます」という言葉ですべてが表現される。いや、逸らされる。反省と謝罪が「遺憾」に集約されてしまうのであれば、「遺憾」はもはや言葉ではなく、「うっ」という呻《うめ》きのようなものでしかない。そこでは何も言われていない。

責めるほうも責めるほう。会ったこともない被害者になりかわって荒げた声で糾弾するひと、サーヴィスが低下していると激しくクレームをつけるひと。前者は、何度でも起こるこの構造的な問題に、無邪気にもじぶんは無関係だと思っている。自社のかつての不祥事を思い出すこともない。後者は、じぶんはサーヴィスの消費者だから、じぶんのほうに非はないと思っている。言っているのは、「もっと安心してシステムにぶらさがらせよ」という、受益者としての受け身の要求でしかない。システムの問題点と解決策をともに考えるという気概はそこにはない。

責められるほうも責めるほうも、じぶんは責任をとらない、動こうとはしない。

もし子どもがこの常套句《じょうとうく》を口にしたら、と空想してみると愉快だ。親や教師に説教されている子どもが「遺憾に思います」とか「重く受けとめています」「あってはならないことです」と返答したとしたら。これ、以前に鶴見俊輔さんが提案したことである。「これなら家庭のなかから逆の革命が起きる」、と。鶴見さん、さすが元「悪童」で、抵抗の仕方にもワザがある。

ぎりぎりの場面で口をついて出てくるのは、つるつる表面を滑る言葉ばかり。嚙《か》みきれない言葉が聞こえてこない。聞きたいのはむしろ、（堀江敏幸さんの言葉を借りれば）表面にこげつくような言葉なのに。

ある銀行員から聞いた話だが、銀行の営業では、顧客に淀みなくすらすら説明するひとよりも、じぶんでも確信がもてないような面持ちで、ためらいがちに何度もつまりながら説明する口下手《くちべた》なひとのほうが、成績が断然いいという。

「遺憾」だけはいかん！

「自由」のはきちがえ

「自由をはきちがえている」とはよく言われることである。

その意味は、たいていのばあい、自由は放埒《ほうらつ》やわがままとはちがうということである。自由には規律がともなう、自由はある規律を前提としてなりたつ、と。

たしかに、「自由」という概念が、この国では、ずいぶん前からえらく色褪《いろあ》せてしまったようにおもう。「自由」の観念がとても自堕落になったとでもいうか。

言論の自由、表現の自由、婚姻の自由、学問の自由、信仰の自由……。「自由」は、国家とか権力からの強制に抵抗する個人の、その信条を守る標語としてあった、はずだ。ところがいまは「自由」は、個人がしたいことをしたいようにする、そういう放っておいたらどこまで増殖するかわからないような、個人の欲望の合言葉のようになっている。

個人の欲望というものは、他者の安全を脅かすものでないかぎり、それとして認められ、尊重されるべきものだとおもう。ある欲望の是非など、だれも明示することはできない。ある時代の「愚行」が、次の時代には「善行」になる例など、あげればきりがないくらいだ。けれども、その欲望を正当化する論理については、時代を超えてそれなりに吟味することができる。

さて、わたしの見るところ、「自由」の観念がこのところ、いま述べたのとは別の意味で、ひどく狭くなっている。「自由」とは、すでに述べたように、他からの強制に抵抗するものである。個人は、みずからが信条とするものについて、みずからの責任において明確に主張してよい。が、これは、じぶんが責任をとるなら何をやってもいいということではない。

「自由」の概念は西欧におけるその成立事情からして「私的所有」(プライヴェート・プロパティ)という概念と連動してきた。じぶんの存在が他の何ものからも侵されない権利は、じぶんに固有なもの（プロパティ）を護《まも》る権利と考えられた。そして、個人のそのプロパティの根幹をなすのは、まずはこのわたしの身柄（生命と身体）である。だから、「自由」ということで、ひとはまず、他者から危害を加えられないこと、つまりは他者による強制や干渉からの自由を考える。他者からの干渉、他者への依存というのは、たしかに鬱陶《うっとう》しいものである。けれども、だからといってそれはただちに「不自由」を意味するものなのだろうか。

じっさい、どんな社会においても、他者との協同なしには、たとえば食材を売ってくれるひとがなければ、ひとは一日たりとも生きてゆけない。ガスや電気の供給がなければ、調理することだってできない。

他者への（見える、あるいは見えない）依存なしには、ひとは生きられないものである。「自立」ということをかんたんに口にできるのも、個人の生活の世話、つまり広義のケア・サーヴィスを金銭で買える社会にいるからだ。そしてそのサーヴィスを「買う」ことができるかぎりで、ひとは「自立している」と言われるにすぎない。

自己決定、自己責任の「自由」においては、他者からの独立（インディペンデンス）を強く主張するものの、この他者との相互依存（インターディペンデンス）という面についての顧慮が欠落している。そのかぎりで、自己決定、自己責任の「自由」は、現代社会においては、自己を他者から隔離する原理として機能してしまう。

ここで思い出しておきたいことがある。英語で「自由」をあらわす言葉の一つ、「リバティィ」には、類語として「リベラリティィ」という言葉がある。「リベラリティィ」とは、気前のよさ、鷹揚《おうよう》さ、さらには施しや贈り物を意味している。では、「リバティィ」、つまり他者による強制からの自由がなぜ、気前のよさ、贈り物につながるのか。

理由はかんたんである。じぶんが他者から強制を受けたくなければ、じぶんも他者に何かを強制してはならない。じぶんと思いはひどく異なっても、たとえそれがじぶんにとって不快なものであっても、その思いをそれとして尊重しなければならない。他者の自由の擁護という、そうした懐の深さこそが「リバティィ」がなりたつための前提だからである。「リベラリティィ」、それは、じぶんにはなじめないものにもじぶんを開いておく自由である。これが、規律とは異なる、あるいは規律の前提となる「信頼」というものを、ひとびとのあいだにはぐくむ。

プロにまかせる？

また、起きた。学校という場所での傷害事件、とくに外部者による生徒もしくは教師の殺傷事件である。こんどは、生徒の目の前で、卒業生が教師を刃物で斬りつけ、重傷を負わせた。

関係者の方々の衝撃と動揺はいかばかりかと察するが、それでも事件のTV報道にふれて、二つ、ひっかかることがあった。

一つは、インタビューに応えての中学校長の発言である。「早急にスクール・カウンセラーに、子どもたちの心のケアをお願いしなければばと思っています」。

いま一つは、ほとんど日をおかずに出た分析結果（？）である。事件に間近で遭遇した生徒たちは「教室の前を通るのが怖い」「学校へ行くのが怖い」と訴え、調査によると、「六割の生徒に心のケアが必要だ」ということで、学校側はケアにあたる臨床心理士を三名から九名に増員することにしたというのである。

取材陣が対応についての考えを迫ったのかもしれない。そうだとしても、このようなかたちで、あたりまえのようにすみやかに、生徒たちのケアをめぐる決定が下されることに、わたしは違和をおぼえる。事後措置が、なんのひっかかりもなく、なめらかに進行してゆくことそれじたいに、ひっかかるのだ。

校長はおそらく、こういうときは生徒たちの「心のケア」につとめること、そのためにはプロのカウンセラーに協力を求めることが必要だという知識をもっていたからこそ、右のような発言を間髪いれずしたのであろう。がそのとき、そもそもどういう意味で「心のケア」が必要なのか考えたのだろうか。生徒たちの何を心配したのだろうか。

生徒たちがひどく動揺していないはずはない。いうまでもなく、生徒たちはこうした凶悪事件のみならず、災害に遭ったときも、家族崩壊や友人の裏切りや失恋といった痛手を個人的にこうむったときにも、同じように衝撃を受ける。が、だからといって、ただちにプロによるカウンセリングが必要なわけではない。なのにどうしてここで、教師としてなすべきことよりも先に、まるで応急処置のように、プロによる「心のケア」が必要だと考えたのか、そこが理解しにくい。また、じっさいに生徒たちからじっくり話を聴くまえに、そう、カウンセリングを開始する前に、「六割の生徒」がカウンセリングを必要としているとどうして言えるのか、これもわたしは理解できない。

カウンセリングというのは、相手の気持ちを聴くことからはじまる。しかし、その気持ちをだれがはじめに受けとめるのがよいのか、学校でその声を最初に聴くのが見知らぬ臨床心理士であってほんとうにいいのか、と問うたうえで、このたびの措置を決定したとはわたしにはおもえない。

この事件をどう受けとめるのか、どのように理解するのか……。その、むずかしい作業に最後まで生徒たちとともにあたるのが教師の仕事なのではないのか。その作業をどう担うかをじっくり考える前に、その作業をプロに回してしまう、つまりじぶんはその解決にいたるプロセスから生徒より先に降りてしまう、ここにこのたびの措置の大きな問題があるようにわたしはおもう。生徒たちのあいだでトラブルが起こったときに、学校で生徒たちと話しあって解決しますと言うのではなく、「まずはご両親のほうから先方に詫びを入れていただけませんか」というふうに、問題を保護者に丸投げするのと同じような責任放棄が、ここにはあるようにおもう。

ちょっと空想してみよう。「勉強がおもしろくない」「給食がまずくて食欲がわかない」「Aちゃんが近くにいると、何かされないかと不安で、授業に集中できない」。こう訴える生徒がみなカウンセラーに回されるとする。すると教師になんの仕事が残るのか。授業？　だったら教員免許をもったカウンセラーに授業も含めぜんぶ任せてしまったらいい……。

残念ながら、話としてはそうなのである。が、じっさいには、教師がみなカウンセラーとしての心得をも完全ではなくともわきまえていればいいだけのことなのだ。ちょうど優れた医師がナースの技術と感受性をあわせもっているように。

カウンセリングのプロに教師が学んでから、その教師自身がその苦しい問題をめぐって生徒と向きあう、というのならまだわかる。わたしがひっかかるのは、ふだん子どもたちと接していないカウンセラーに任せるほうが、生徒たちと毎日顔をつきあわせている教師たちが対応するより安心で安全だとする、現場の空気そのものである。

はじめからカウンセリングのプロに任せる。それはリスク管理のシステムとしてはよいかもしれないが、教育者としての自己破産をみずから宣告するようなものではないか。

「監査」という仕事

「聴く」といういとなみについてかつて一冊の本を書いたこともあるのに、「監査」のことを英語で「オーディト」、「監査役」のことを「オーディター」ということを、うかつにも最近まで知らなかった。オーディオと同じ語源、ラテン語の「アウディオー」（聴く）からきている言葉である。さらにこの「アウディオー」、もともとは「耳」を「向ける」という合成語である。ついでにいえば、ドイツ語で「理性」を意味する「フェアヌンフト」は、「聴き取る・聞き分ける」（フェアネーメン）という語から派生したものだ。

「オーディエンス」や「オーディトリアム」「オーディション」も同語源であり、これらはそれぞれ「聴衆」「聴衆席」「試聴」を意味するが、演劇なんかでは、「観客」「観客席」「演技のテスト」という意味でつかう。欧米で「聴く」というところを、日本語では「見る」に類する語で表現するというのはなかなか興味深いことである。「観劇」のみならず「鑑賞」という言い方もする。

では、西洋は「聴く」の文化で、東洋は「見る」の文化であるかといえば、さにあらず。ギリシャ語の「イデア」や「エイドス」（形相《けいそう》）は「見る」（エイドー）という動詞から派生した語だし、「理論」（セオリー）も「観る」（テオーレイン）に由来し、だから「観照」と訳されもする。一方、酒を味わい験すという意味で「利き酒」（聞き酒）というし、木の質を調べるという意味で「木を聴く」という表現もある。中国では、診察することを「体を聴く」というと耳にしたこともある。

これは東西の違いというより、人間にとって大きな意味をもつ知覚が、見ることと聴くことというふうにデュアルにはたらきだすことを示しているということなのであろう。向かうことと受けとることということふうに。鑑賞する能力のことを英語で「趣味」（テイスト＝味覚）

といい、日本語で「味わう」というように、人間にとって根源的な意味をもつふるまいについては、案外、洋の東西で共通の考え方をするものなのかもしれない。

わたしが教わった例では、サンスクリット語から東西に分かれていった双子のような語もある。「サーヴィス」と「世話」。サーヴするという言葉と世話するという言葉はともに、サンスクリット語の「セーヴァ」に由来するという。同じく、「ドナー」と「旦那《だんな》」、これもサンスクリット語の「ダーナ」に由来すると聞くと、ちょっとばかり驚く。ともに他人にふるまう人という意味なのであろう。

こんな例もある。ラテン語で「客」のことを「ホスペス」という。が、この言葉、「客」とは反対の「主」をも意味する。「客」と「主」

をともに意味する一語は日本語にはない。が、習俗にはある。客を迎えるというのは、本来、その家の主人が座るべき場所（たとえば床《とこ》の間《ま》の前）を、主人が客にゆずり、みずからは、主人となった客の前に「客の客」として座るということである。主客の反転は、ここで習俗として同じように起こっている。

「ホスペス」についていますこし語っておけば、それは本来「見知らぬひと」を意味するらしい。異邦から訪れたひとは、異国の貴重な情報をもたらす好ましい人物かもしれないし、逆に、得体の知れぬ怪しい人物（たとえば偵察にやってきた敵）かもしれない。その両面の可能性を映すのであろう。この語からは「ホスピタリティ」（歓待）と「ホスティリティ」（敵意）という逆の意味をもつ語が派生している。

　さてそこで「監査」である。『字通』の白川静によれば、「監」は「人が臥して下方を視る形」を擬している。上から見る、臨み見るということらしい。俯瞰《ふかん》してではなく、「臥して」というのがおもしろい。けっして上から見下ろすのではなく、地べたに這いつくばって見る。監査の仕事、とりわけすぐれた業務監査のそれは、現場に足繁く通い、そこでことこまかに聞き取りをおこなうことからはじまる。その地べたを這うような地道な作業のなかでなされる。書面の報告を見るだけの机上の作業だけでは、いろいろと見落としが出る。この点からすると、監査の「見る」仕事、そう、まさに診断という意味での「診る」仕事は、「聴く」に深く通じるものなのである。

デザインの思想

二十年ほど前になるだろうか、あるシンポジウムで、日本のデザイン界の重鎮ともいうべき方と同席した。彼は、デザインとは「表面を変える」ことだと、きわめて明快に言い放った。目の前のマイクをさして、「これをラッカーで黄色に塗るでしょう、するとマイクはまったく別の存在になってしまいます」、と。

デザインのこの定義にはうなった。ファッションデザインなんかを考えるともっと分かりやすいかもしれないが、モノの、あるいはひとの、表面を変えることで、それに接するひとの気分が変わり、取り扱いが変わる。つまり、関係がごろっと変わってしまうのである。

現代を代表するデザイナーのひとり、深澤直人さんもまた、デザインとは「サーフェスの変形」だと言う。サーフェスとはやはり「表面」ということだが、このときにはじぶん以外のものとの接点、もしくはそれにふれたときの感触というニュアンスがより強い。サーフェスを変えることで、ひとのふるまいが変わる。何かをしたくなる、何かをさぐりにゆく、身体がむずむずする……。

その深澤さんは、ある著作のなかでとても大切なことを言っている。建築から番組制作まで、おざなりなデザインというのは、どこかひとを軽くあしらったところがある。

「『こんなものでいい』と思いながら作られたものは、それを手にする人の存在を否定する」というのである。

そして、深澤さんはこう続ける。人間は「あなたは大切な存在で、生きている価値がある」というメッセージをいつも探し求めている生きものだ。だから、「これは大事に使わなければならない」と思わせるもの、あるいは逆に、「手に取った瞬間にモノを通じて自分が大事にされていることが感じられる」もの、それがよいデザインだというのである。

いろいろ思い当たるふしがある。わたしが通った小学校は、明治のはじめに造られた古い学校である。何度か改築されたのだろうが、わたしたちの教室があった本館は当時のままである。通っているときには気づかなかったが、先日四十年ぶりに訪れて、おどろいた。段差の小さい階段は大理石、手すりは彫りをほどこした木製の柔らかい手ざわりのものだった。子どもたちは無意識に、おとなたちがじぶんたちを大事に思っていることを、校舎をかけずり回りながら、肌で感じていたにちがいない。

歩いていていい街だなあと感じるときにも、同じような思いに浸される。掃除が行きとどいているということもあろうが、それも含めて、住民がじぶんたちの住む場所を大切に思っているらしいことが、そこかしこで感じられる街は、どこか風格がある。

人間についてもきっと、同じことが言えるのだろう。もうどうでもいいと、じぶんの身体を傷つけたり、自暴自棄になったりするのは、じぶんのことを大切に思えないような状態のなかにいるということだ。

じぶんを大事に思う気持ち、これは昔から「自尊心」と呼ばれてきたが、「自尊心」もまた、他人に大事にされてきた、ていねいに扱われているという体験を折り重ねるなかで、じぶんはそれほど大切な存在なのだと知らされるところからしか生まれてこない。

たしかにいまの子どもはたっぷりと玩具を与えられる。ぬいぐるみ、積み木、子ども用のカラオケ、ゲーム機。合成繊維、ビニール、プラスチック、そして電子の声……。ほとんどの玩具が、深澤さん流の言い方をすると、「こんなものでいいでしょ」という感覚で作られている。はたして、ここからはどんな「自尊心」が生まれるのだろうか。

心理学者の霜山徳爾さんがある料理人の言葉として紹介しているのに、こんなのがある。「ものの味わいの判る人は人情も判るのではないかと思いやす」。じぶんのためにはたらいてくれているひとへの思いがないと、味は分からないというのである。じぶんのために何かをしてもらっている、じぶんがていねいに、そして大事に扱われている、そういう体験こそが、いつか「自立」のための、栄養たっぷりの腐葉土になるのだと思う。

ブランド考

「ブランド」とはほんらい「流行」とは相容れないものである。ブランドの魅力は、時を経ても変わらないところにあるからだ。だから「ブランド」を流行のしるしと考えるとすれば、それは本来の姿から外れている。

たとえば、ヨーロッパの自動車はめったなことではフルモデルチェンジしない。「ミニ」は、ローバーからBMWへと経営の基盤が変わっても、そのテイストはかたくなに捨てない。ポルシェもベンツもゴルフもボルボもアルファ・ロメオも、基本型は変わらないし、ものづくりのフィロソフィーも変わらない。

ものづくりの伝承がすごい、ほかのだれも真似できない伝統的な技法を守っている……。そんな時間の厚みがブランドにはある。流行を超越しているので、時代遅れなもの（アウト・オブ・モード）にならない。時間をかけて培ってきた独特の職人の技に裏打ちされ、だからクオリティが高く、修繕もきくので、いつまでも使えて、流行に振り回されるということがない。さらには、品質を落とさないための工夫、きめ細かな修繕の用意、品質保証やアフターサーヴィスにあらわれている自信と誇り、顧客を大事にする姿勢……。それらがブランドの「信頼」を醸成してきた。ブランドは一朝一夕で築かれるものではないのだ。

すぐれた服飾ブランドについても同じことが言える。何でもかんでも流行として、あるいはその記号として消費してしまう社会への抵抗、そのようなものとしてブランドへの信頼はあるはずだ。

そしてまた、どのブランドを選ぶかで、クオリティを見きわめる個人の眼が験されてきた。物の選択のなかにそのひとのテイストがあらわれる。つまりブランドはひとが選ぶものであって、その意味では個人の「自由」のしるしであった。ブランドは買うほうが選ぶ、つまり買うほうにイニシアティヴがある。分かるひとには分かる、そういう冷徹な論理がブランドを支えてきた。流行として、ブランドにひとが選ばれるわけではないのだ。

ブランド品を身につけていると、たしかにいい気分になれる。それは、ブランドが高級なものの代名詞であり、したがってひとびとの上昇志向（ワンランク・アップという幻想）にぴったり適うからだ。上昇とは、世間の眼に羨ましく映る地位につくということである。だが、これは世間の価値序列に従属するということで、「自由」ではない。

この国のブランド現象でおかしいと感じるのは、ブランドを本来の「自由」のしるしでなく、「不自由」のしるしにしてしまっているひとたちが少なくないことだ。上昇志向でブランドを受容すると、「わたしは〜派だ」という記号になってしまう。「いいセンスしているね」という評価ではなしに、「リッチだね」という評価の象徴になる。

だから、そうした風潮に反発するひとたちは、アンチモード（「流行なんか知らないよ」）や脱モードを志向する。アンチモードは「流行」に対するマイナス記号であり、脱モードは「流行」に対するゼロ記号である。「無印」は、ブランドという看板を下ろし、ブランドとしてみずからを展開しないことで究極のブランドとなった。これはいわば逆手をとった手法である。しかし、そうしたあり方は、ブランドとしては倒錯である。じっさい、「無印」は、ブランド文化を育ててきたヨーロッパでは、「ＭＵＪＩ」という、しっかりしたブランドとして事業を展開している。

ブランドとは、ものづくりの変わらぬフィロソフィーのことである。何がほんとうに大事かをわきまえている、そういうものづくりの精神への信頼のことである。大会社だから、有名だから、みなが身につけているからというのではなしに、信頼できるブランドを見きわめる眼が問われる。

カタチから入る

人間、意志だけで生活を変えることができるほど、強くはない。

「こころ」と「からだ」、あるいは、はっきり意識しているものと、ぼんやり感じているだけのものと、まったく意識できないもの、こういうものからいわば多次元的に人間はなりたっている。

気分を入れ替えたいとき、ひとはたとえば髪を切る、髪型を変える。ふだんより派手な服を着て目立とうとしたり、逆に地味な服を着てひとびとのあいだに埋もれていたいともおもう。それと同じように、心理学者のウィリアム・ジェイムズはかってこんなことを推奨した。

意気消沈しているときは逆に胸を張りなさい、何ごともうまくいって調子に乗っているときには、つい傲慢《ごうまん》になってとかくまわりのひとに不快な思いをさせがちだから、がっくりと肩を落としなさい、というわけだ。気分とは逆の姿勢をとることでバランスをとりなさい、と。

関係を変えようというときも、同じやり方が使えそうだ。山本理顕がある町役場の設計を依頼されたとき、この建築家が最初に考えたのは、カウンターの向こうに職員がいて、町民のほうはカウンターのこちら側に列をなして待つ、まるでなにかのお願いをするかのように、まるで配給を受けるかのように。そんな関係を何とかできないかということだった。

そこで彼は、カウンターを取り払って、一階のだだっぴろい空間のまんなかに、丸テーブルをたくさん配した。町民がなにかの手続きや相談に来たときに、町民も職員もともに歩み出て、テーブルにつく。たったそれだけのことで、町民と役場職員の関係が対等なパートナーの関係に、すくなくとも気分的には変わるという。

わたしの職場でもこんなことがあった。教育担当副学長として、学内にコミュニケーションデザイン・センターという、コミュニケーション・トレーニングの教育センターをつくったとき、そういう教育をやるなら、それを担当するひとのコミュニケーションのやり方それじたいがモデルになるようなものでなければならない、そう考えて、次のような提案をした。教員と職員のあいだの壁を取り払って、同室にすること。教員と職員に同じ色、同じデザインの机と椅子を用意すること。この色、デザイン選びも、教員と職員が相談して決めること。

するとどうだろう。このセンターはちょっと不便な場所にあったものだから、教員も職員もお弁当かテイクアウトの食事をする。食べるためにセンターの大きな会議用のテーブルのところに集まってくる。そして毎日同じテーブルでおしゃべりしながら食べているうち、いまやりたいと思っていること、なのになぜかうまくゆかずにいるその悩みが、おたがい手に取るように分かるようになったという。教員がじぶんの研究や教育のことで頭がいっぱいで、職員は教員がしようとしている内容が分からないまま、業務としてそれを事務的に支えるという、言ってみれば一方通行の関係が「共働」の関係に変わったというのだ。

なにかを変えるには、カタチを変えることが大事だ。「業務改革」というのは、ひとびとがこれまでよかれと思ってやってきた制度を変えることだから、問題の根が深くてなかなか進まない。そういうときに、たとえば机の配置を変える、上司も部下もおたがいを「さん」づけで呼びあう、というふうに、ちょっとカタチを変えるだけで「改革」が一気に進むことがある。問題解決に向けての取り組みにおいては、その取り組みについて話しあうその仕方を変えるということが、存外大きな意味をもつようにおもう。取り組みのプロセスのなかにすでに解決の糸口が芽生えているのでなければ、問題の解決はその先もきっとむずかしい。

ことばの故郷

数年前、関西のあるタウン雑誌の編集者とおしゃべりに興じているとき、その彼に思いがけぬ質問をされた。ちなみに彼は岸和田の出である。

「センセー、本読まはるとき、標準語で読んだはりまっか、それとも関西弁で読んだはりまっか？」

「そんなん、京都弁に決まっているやん。京都弁でしかようしゃべらんし……」

「そうでっしゃろ。そんなんあたりまえのことやのに、こないだそのこと東京のひとに言うたら、信じてくれやあらへんのですわ。そいで富岡（多恵子）さんにも訊いてみたら、やっぱり大阪弁で読むちゅうたはりましたわ」。

ここで関西弁というのはイントネーションのことである。共通語だからといって、みな標準語のイントネーションとはかぎらない。哲学の本でも詩や俳句でも、わたしは京都弁のイントネーションで読む。

黙読でも読みであるかぎりはそうだ。「理性とはたわみやすいものである」といった、パスカルの警句など、京都弁でないとぐっとこない。

英語が世界共通語のようになっていることを「アメリカニゼーション」という名の世界侵犯だと、いまいましくおもうひとがいる。英語圏の文化人には、英語が世界化することによって、英語としての文法や正確な語法、洗練された文体が崩れてゆくと嘆くひともいる。

言語としてユニヴァーサル化することは、ひとつのローカルな言語文化としては崩れゆくことである。クレオールやピジンといった混成語をはじめとして、言語はいろんな言語文化が接触するなかでどんどん変容してゆくものだ。それは言語の常であって、とくに嘆くべきものではない。

そのようにたえず変成する特定の言語のなかでひとは育つ。そのなかでひとびとの生は紡がれてゆく。しぐさや発声にしみ込んだリズムや抑揚は、生存感情のコアにあるものだ。だから、たとえば植民や占領や連行によって言語の同化を余儀なくされた民のように、それで育ったことばを失うことは、自身の存在の根拠を奪われることを意味する。ことばを奪うこと、それは民のまごうことなき殺戮《さつりく》である。同じ言語であっても、地方から上京してイントネーションをそっくり入れ替えたひとも、腹から立ち上がることばを失ったという意味では、一度は死んだといってよい。

わたし（あるいは、多くの関西人）のように、どこに行ってもイントネーションを変えない人間は、ことばという次元ではたしかに死を一度も経験していないのかもしれない。けれどもほんとうは、そのことじたいがひとつの死なのかもしれない。なぜなら、異文化に接してみずからの文化が根底から揺らぐという経験を受けつけてこなかったのだから。

不器用でも、別のことば、別のイントネーションを口にできるほうが、じぶんを開くにはいいに決まっている。京都弁のイントネーションでしかしゃべれないことをむしろ誇りにおもっていたじぶんが、ちょっと揺らいできた。そのなかで育ってきた言語を失うのは悲惨だが、ひとつの言語をひとつのイントネーションでしかしゃべれないのもちょっとみすぼらしいと、これを書いているうちおもうようになった。故郷はひとつでないほうがもっといい、と。

要約

うーん、これはすごい、と唸った。

ドイツとの国境に近い東フランスのストラスブール大学でのことである。現代日本についてフランスと日本の研究者たちが開いたフォーラムの初日、なんの手違いか、開会寸前の時間帯がビザンチン美術史の授業とダブルブッキングになってしまった。開会を前に準備であわただしくしているさなか、若い先生がほかに教室の空きが見当たらず、困りはてて駆け込んできた。見るに見かねて開会十五分前までの半時間だけならということで、会場の大教室を譲った。

後ろのほうで見学させてもらった。先生は前回の講義の概要をかんたんにふり返ったあと、古い絵画のスライドを映し、淡々と説明を加えてゆく。百人近くが受講しているが、ひそひそ話をする学生も、ぼんやりしている学生もいない。みなうつむいている。

個性的な服装をしているわりに、えらく精気がないなとおもったのは、とんでもない誤解だった。だれもかれもが分厚いルーズリーフのノートを広げて、しきりにボールペンを走らせている。何々（？）と、席を前に移して、肩越しにノートをのぞき込んだ。先生の言葉をまるごと引き写しているようではなく、もちろんいたずら書きをしているのでもない。適宜段落を変えて、まるでレポートを書いているよう。とにかく筆は止まることがない。日本の学生なら、黒板に書かれたことを写すくらいだが。

あとで、別のフランス人教師に訊いた。何を書いているの、と。要約なんだそうである。語り下ろされる言葉を要約しながら、ノートに書き留めているのである。フランスでは小学校のときから、「ディクテ」といわれる書き取りの練習をたっぷりおこなう。リセーでは「コント・ランデュ」といって、講義や講演をそこで使われていない言葉で要約する練習も課せられるという。だから、大学生ともなれば、話されたことを要約した文章を次々と書き継いでゆくことが自然とできるというのだ。

頭のなかで文章を組み立てる。それを思考のレッスンとして重視しているのだろう。議会でも記者会見でも政治家や官僚がペーパーを読み上げるだけの日本との違いは、この教育にあるのではないか。ヨーロッパ人が「哲学」という観念の大建築を生みだしえたのも、そしていまも中等教育で「哲学」という科目を週に何時間も設定しているのも、「考える」力をこつこつと育成するそうした社会の態度からきているのかもしれない。

じぶんで考え、相手の言葉を正確に聴きとり、問題を理路整然と論じる、そのような資質は、市民の政治意識、企業や地域での活動で大きくものをいう。計算力などを中心とした「学習能力」の東西比較にはあらわれてこない差が、歴然とあるようにおもう。

授業のあと、校舎の前で、学生たちが見ず知らずのわたしに次々に煙草を「所望」してきたのは、まあ愛嬌《あいきょう》といったところか。

英語はグローバル？

わたしは英会話が苦手である。そもそも英語を母国語とする国に行ったことがない。ドイツには二年間住んだことがあるし、その間にもヨーロッパの諸国を旅した。仕事でアジアの国々も訪れた。けれども英語を話す国だけは、たまたまなのか、無意識に回避しているところがあるのかさだかでないが、足を踏み入れたことがない。米国も英国も（その後二〇〇八年秋、わたしは仕事でとうとう米国へ行ってしまった――追記）。

国際交流は英語をおいて考えられない。ヨーロッパ人どうしも、アジア人どうしも、言葉を交わすときはたいていは英語だ。では、言語のグローバル化とはとりもなおさず英語の世界標準化のことなのだろうか。「グローバル化しているのはイングリッシュではなく、ブロークン・イングリッシュだ」と言ったひとがいる。言いえて妙である。

英語はたしかに世界を席巻している。けれども世界に普及してゆくと同時に、英語としては「堕落」してゆく。文法も発音もときには統辞法も崩れてゆく。これはちょうど、英語より一足先にグローバル化した洋服が、非西洋圏に伝播《でんぱ》してゆくにつれて、服としての様式を崩していったのとよく似ている。西洋人は、極東の国で政治家が半袖の背広を着るなどとは想像もしなかっただろう。ただし、これはけっして良し悪しの問題ではない。

大学ではこれまで哲学の教鞭《きょうべん》をとってきたが、哲学専攻の学生には英・仏・独三か国語の履修を義務づけている。それらの源流にあるラテン語やギリシャ語の履修も推奨している。専門課程に進学してきた学生にその外国語の履修条件を告げると、学生の多くが「どうして原語で読まないといけないんですか。せっかく多くの翻訳本があるのに」と、ちょっと不満顔をする。

「動詞や形容詞の活用が複雑で面倒臭くても、知らない言語を声に出して、からだに通すこと、それが大事なのです。それらを学ぶ意味はあとになって分かります」。そうわたしは言い切ることにしている。学生は納得しないまま、しぶしぶ学習をはじめる。

いうまでもなく思考は言葉で編まれるが、そのとき言葉は思考形成の手段なのではなく、それじたいがすでにひとつの思考である。言葉が違えば、世界を意味で区分けする仕方、つまりは世界の分節が異なるからだ。

たとえば英語では、相手が先生であっても幼児であっても、相手のことを「ユー」もしくはファーストネームで呼ぶ。じぶんのことは、相手によって「わたし」「ぼく」「おれ」などと言い換えず、つねに「アイ」と言う。これを言葉の問題にすぎないと言うことはできない。また、動詞の活用は、主語の区別にしたがい「アイ・アム」「ユー・アー」「ヒー・イズ／シー・イズ」というふうに変化する。「これは机である」という客観的事実について言うときは、いつも、だれと話すときでも「ディス・イズ・ア・テーブル」である。ところが日本語では、話す相手との関係（とくにその勾配）によって「ある」が変化する。だれと話すかによって、「机です」「机だ」「机でございます」と変化する。

要するに、言葉が違うと、世界とのまみえ方、他者へのかかわり方まで異なってくるということだ。だから、じぶんがずっとなじんできた自然との関係、他者との関係をもっと別なものへと組み換え、変容させようというときには、外国語の言葉づかいのなかへじぶんをいちど置いてみることが大きな意味をもつ。ものごととの別な関係のあり方へとじぶんを開いてゆくためには、異なる言語を学ぶということが大きな助けになるのだ。じっさい、大学の授業で、「先生」「くん」の呼び方をやめて、だれがだれに話すときにも「さん」づけにしたら（もちろんわたしも男子学生を「さん」づけで呼ぶ）、会話の空気のみならず、話の中身まで変わった。

じぶんのそれとは異質な思考法、知覚法を、じぶんに理解可能な地平へとむりやり押し込むのではなく、それをそれじたいのほうから学ぶということ、そのことで逆にじぶんの理解の地平を拡げてゆくということ。これが、異なる言語を身に通すことの意味である。

これは朗読の心地よさに似ているかもしれない。朗読には、つい内へと塞《ふさ》ぎがちなじぶんの身体を大きな声とともに開いてみるという快さもあるが、もうひとつ、別の考え方、感じ方をじぶんのうちに住まわせることで、じぶんの凝り固まった想いをほぐし、編みなおし、あたかも別人であるかのように語るという、ちょっと妖《あや》しい悦びがある。英語を身につけると大いに役に立つが、英語しか学ばないのは、別のかたちで世界を狭くする。

野次馬と職業人

三泊四日の東京出張だった。その二泊目の深夜、ホテルの地下で火事が起きた。サイレンからはじまる緊急放送でそれを知った。ほのかに煙の臭いがする。放送の声がずいぶん上ずっているので、これは一大事と、非常階段で九階を下りた。消防車や救急車が四十台ほど来ていた。客はホテル前の広場に集合。そこで消火の様子を見守った。

年配の方が多く、からだの不自由なひともおられるので、宴会用の椅子がたくさん用意された。それに腰かけ、固唾《かたず》を呑んで、消火作業を見守った。その姿を、ものすごい数の報道関係者がこれでもかというくらい執拗《しつよう》に撮影していた。消火がはじまったばかりなのに、客をつかまえては煌々《こうこう》とスポットライトを当て、インタビューしていた。その映像をその場からコンピュータで送信していた。

わたしは目の前でくり広げられる光景に、大きな違和感をもった。消防士、ホテルの職員にはそれぞれプロとしての別の仕事があるのと同様、報道記者にもプロとしての特殊な仕事がある。被害にあったひとたちと同じ地平で現場に注意を向けてはならない。

火事というのは、それほど「目撃者」であることが重要な意味をもつ出来事なのか。ふとそう疑問を投げかけたくなるくらいに、報道陣は取材に熱心であった。そのことしか頭にないようだった。だから、不安な面もちで事態を見守る客のあいだ、それを懸命にケアするホテルの職員のあいだで、彼らを思いやりつつ取材するというのではなく、彼らのさらに前に立って、職務だけを過剰なくらいに熱心にこなしていた。

傍若無人《ぼうじゃくぶじん》、という言葉がふと浮かんだ。被災者のために何かできることはないかと考える記者がいるようには見えなかった。救出は別のプロの仕事であるとしても、その手伝いとして何かできないかという焦りや、たとえそれができてもじぶんの職務は別のところにあるという煩悶《はんもん》のようなものに身もだえする姿も、そこにはなかった。

職務とは別に「ひと」としてまずなすべきことがあるにもかかわらず、あえて職務に徹しなければならない、そういうディレンマがあるからこそ、ひとは職業倫理というものを考えてきたはずである。そういうディレンマに身もだえすることのない職業人は、もはや「職業人」ではない。だから、インタビューをするにあたっても、被災者の「絵になる」姿、ぴたりとはまる言葉ばかりをほしがる。

よく似た例が少し前にあった。秋葉原でのあの連続殺傷事件である。深手の傷を負い、路上に横たわって応急処置を受けている瀕死の被害者のまわりに、すぐに人垣ができ、そのひとたちがこぞって腕を差し上げ、ケータイやデジカメで撮影している、その姿を写真で見た（その姿を撮したカメラマンは、ある意味プロの仕事をしていた）。この行為は職務ですらない。じぶんが大変な現場に居合わせた、その事実を親しいひとたちに、(ひょっとしたら自慢げに)知らせたいというとっさの思いで、彼らはカメラを向けたのだろう。

その場で「ひと」としてまずすべきこと、次にすべきこと、さらにその次にすべきこと……。そういう「価値の遠近法」が狂っている。崩れている。

全感覚を動員して事態を冷静に把握し、さらに当事者の置かれた状況に思いをはせ、そのうえでみずからのなすべきことを決める、そういうアタマの働かせ方を彼らはしなかった。ほんとうはそれはアタマの働かせ方の問題ではなく、そういうふうに考えるまでもなくとっさにやってしまうということ、それが「倫理」が身についているということことであろう。

報道記者も野次馬も、「空気が読めない」のではなく、「倫理」という名の品位を欠いていた。まなざしの欲望だけが暴走していた。

「とことん」に感染する若者たち

前々から不思議に思ってきたのだが、アート制作の現場にボランティアとして駆けつけるひとたちは、無報酬なのに、なぜ寝食を忘れるくらい熱心になれるのか。いまの若者は労働への意欲やモチベーションがはなはだしく落ちているという風評がまるで嘘のようである。

数年前、大阪・難波で、「バブル」の夢の跡とでも言うべき、封印された地下街を、光のアートで甦らせる「湊町アンダーグラウンドプロジェクト」の一部始終をまぢかで見たとき、その「熱」にはじめてふれた。アーティストのひとりが制作のためにどうしても三千本の蛍光灯が必要になったとき、「なんか面白そう」とどこからともなく集ってきたボランティアの面々が、手分けをして、なんと、廃墟となったビルや工事現場からほんとうに三千本集めてきた。

林海象監督の最近作「送り火・右左」という映画も、そんな力を結集していた。海象さんが教える京都の芸術系大学の学生が、アマチュアながらも、演技の、舞台装置の、広報の、中心にいた。監督、キャメラ、録音、音響のプロが脇を固めているので、クオリティはとても高かった。とくに撮影セットの凝りようは半端でなく、映画で使用される請求書の束は、画面の隅にちょこっと映るだけなのに、学生が一枚一枚、請求する会社の名前を考案し、請求の費目もきちんと書き込んだという。

二〇〇六年に観た高嶺格のダンス作品「アロマロア・エロゲロエ」も、同じ手法でつくられ、踊る学生がそのまま小道具の一部である古いLPレコードを数百枚、一枚として同じものなく集めてきた。いっさい手抜きをしないこの凄まじいエネルギー、いったいどこから生まれるのか。

他人と何かをいっしょに創っているという感覚がもてる。どんなテーマにも入っていける。体感や活動にじかに訴えてくる。労働のように目的によってやることが先に決まっていない。あらかじめ枠組みもしがらみもないのでゼロから創ってゆける……。理由はいろいろと考えつく。が、その場にじっさいに居合わせておもった。細部にまでとことんこだわり、果てしなくやりなおし、絶対に手を抜かないアーティストたちの「本気」が、空気として協力者に伝染し、かれらに中途半端な活動を許さなかったからではないか、と。

アーティストたちの知覚には、並はずれた強度がこもっている。脇から制作に加わったひとたちは、アーティストたちの、この社会から消えてゆきつつある獰猛《どうもう》なまでの〈力〉と、適当なところで折り合うことをしない〈凝りよう〉に、きっと目がくらんだのだとおもう。そして、それに感染して、水準を下げてしまう「おざなりな」仕事ができなくなったのだとおもう。

「アートとは、社会のニーズの先にある感覚を表現するものだ」と、沖縄のアートＮＰＯのメンバーが、誇り高く宣言していたのを読んだことがある。どこに行きつくか、だれも知らないこうした創造的表現にじぶんもかかわっているという、たしかな緊張感があれば、ひとはとんでもない力をそこに注ぎ込むのだということを身をもって知り、いまの若いひと、ぜんぜん棄てたもんじゃないと感じ入った次第。

お笑いタレントの「罪」

先だって羽田空港から都内まで、たまたま同僚と東京モノレールに乗り合わせたとき、あまり懇意ではなかったから、ややこしい話は抜きにして、たわいもないよもやま話をして過ごした。

東京には「スイカ」という乗車カードがある。「これ、『スルッとKANSAI』のまねして、『スイッとKANTO』というのを略したんとちがうか」とわたし。「いやあ、あれは西瓜《すいか》のつもりやそうですよ。関西のオレンジカードをまねしたんやろねぇ、きっと」と相方。「ほんならもうじき『イコカ』のまねして『カエロカ』が出るんやろか……」。関西人のぼけた話に、赤ちゃんを抱いた東京の若いお母さんが横で噴きだした。眼が合ってにんまり。四人がけの席は空気がふうっと和らいだ。

じぶんで言うのも変だが、漫才の空気というのはこういうものではなかったかとおもう。こういうものだったのではなかったのかと過去形で書いたのは、そういう漫才にふれることがめったになくなったからである。

お笑いタレントというのが苦手である。なにかだだ漏れという感じがして苦手である。お笑いタレントがぞろぞろ出てくるバラエティ番組というのはとくに苦手である。そんな番組が午前中も深夜もテレビを席巻し、おかげでテレビをだらだら観るという習慣がなくなった。

漫才や落語が嫌いなわけではない。テレビのない時代、わたしもまた漫才や落語を聞いて育った。ラジオから流れてくる話芸というものが、わたしたちの耳をつかんで離さなかった。

漫才師や噺家《はなしか》は、たわけた役回りに徹することで、客に日常の苦労を忘れてげらげら笑ってもらう。じぶんを低めて客に主人になっててもらう。聞いてくれるひと、そのあなたが主人公、というわけである。客を心地よくさせる、それへの対価として銭をいただく。笑ってもらってなんぼ、の世界だ。

バラエティ番組だと、笑わす者も笑う者も画面のなかにいる。これは番組のつくり方としてとても下手なやり方だとおもう。笑いのベクトルが、ブラウン管のこっちにいる視聴者ではなくブラウン管のなかのほかの出演者に向かうのだから。これだとコミュニケーションが画面のなかだけで閉じてしまう。

お笑いタレントだけでなく、ゲストまでお笑いタレントよろしく突っ込みを入れる。それをうけてお笑いタレント自身がだらけた笑いをこぼす。お笑いタレントが笑えば番組はもうおしまいだ。視聴料をいただく理由がなくなる。

お笑いタレントの「罪」はそれだけではない。

たわけたよもやま話を横で盗み聞きし、つられて「ぷふっ」と笑いをこぼすうちはいいが、やがてわいわいがやがやの空気はブラウン管の向こうにあることにいやでも気づかされ、「ああ、この笑いの輪のなかにいないのはわたしだけだ」という感情がしずかにたまってくる。バラエティ番組は観れば観るほど、観るほうの孤立感をきわだたせてくる。観ているうちに、淋しさがこみ上げてくるものなのである。スタジオで戯れているというよりじゃれているお笑いタレントは、こういう消息にまで思いをはせているとはおもわれない。でなければ、あのような芸とも呼べない芸を垂れ流せるはずがない。

客である相手を主《あるじ》にするのが、接客のこころ（ホスピタリティ）というものである。愚痴《ぐち》の聞き役になる、憤懣《ふんまん》の受け手になる、それを心得た接客のプロのみならず、市井のひとだって接客のマナーはわきまえている。客がくれば、ふだんは主人が座る床《とこ》の間《ま》の前へと、客に座布団《ざぶとん》をすすめる。客を主にし、じぶんはその客の客になるのだ。ホスピタリティというのは、その意味でイニシアティヴを客にわたすところにある。じぶんをだれかの客体とするところにある。じぶんのものである時間をだれかにあげるという心根、そこにこそホスピタリティはある。

最近のお笑いタレントは、「主」がだれかを忘れているようにみえる。漫才師や噺家としての芸を失い、ホスピタリティのプロであることをみずから放棄している。使い捨てになっても、しかた、あるまい。

Ⅲ　間合い

受け身でいるということ

何もしてくれなくてもいい、ただいてくれるだけでいい、とだれかに言いたいときがある。裏返して言えば、何をするわけでもないが、ただ横にいるだけで他人の力になれることがある。

仲間が隣室にいるというだけで、勇気が湧いてくる。家族が待ってくれているというだけで、荒《すさ》まずにいられる。だれかに聴いてもらうだけで、こころが楽になる。幼子がそばにいるだけで、気持ちがほどかれる。そのような思いに浸されたことが一度もないというひとなど、おそらくいまい。

ところが、何をするわけではないが、じっとそばにいるということがもつ力を評価することを、わたしたちの社会は忘れている。たとえば昨今、いろんな機関で義務づけられている「評価制度」。そこでは、どんな計画を立て、それがどれほど達成されたかばかりが問われ、どれだけじっと待ったかとか、どれほどじっくり見守ったかなどということは、そもそも評価の対象とはならない。評価されるのはアクティヴなこと、つまり何をしたかという行動実績ばかり。パッシヴなこと、つまりあえて何もしないでひたすら待つという受動的なふるまいに着目されることは、およそない。

なかでも、教育やケア（子育てや介助・介護）は、その相手である一人ひとりの思いに濃《こま》やかに耳を傾けることからはじまり、また相手がいつの日かみずからの足で立つ、みずからを立てなおすのをじっと待つ、ということがとくに大きな意味をもついとなみである。が、それの「評価」にあたって、どれだけ耳を傾けたか、どれだけ辛抱づよく待ったかということがカウントされることはめったにない。受け身でいることが大きな意味をもついとなみ、その一つに聴くということがある。

わたしの言葉がこぼれ落ちてくるのを待っているひとがいることによって、ひとの鬱《ふさ》いだ心は開かれる。急《せ》いてはいけない。聴こうとしてもいけない。ここでは鬱いだひとがその鬱ぎをみずから物語ることがとても大きな意味をもつ。なぜなら、物語るために、ひとはその鬱ぎのなかに溺《おぼ》れたままでいるのではなく、その外へ出て、それを対象化しなければならないから。鬱ぎを語ることで、鬱いでいるそのひとがみずからの鬱ぎとの関係を変えること、それをじっと待つのが聴くといういとなみである。だから、言いよどんでいるひとの前で、言葉が訪れるのを待ちきれずに、「あなたの言いたいことはこういうことじゃないの」と誘い水を向けることほど、下手なというか、まずい聴き方はない。

聴くというのは、ただじっと耳を開いていればできることではない。「ほう」「へえーっ」とうなずきながら、相手が語りきるまでじっと待つということが大事だけれど、ときに話を逸らしたり、はぐらかしたり、聴かなかったことにしたりと、柔軟な「受け」を返すことも必要だ。受け身でいるというのは、かなりの才覚とエネルギーを要することなのだ。

聴くことのコアにあるのは、待つという、さらに受け身の姿勢だ。逆説的なことだが、何かを期待して待つというのは、待つことを不可能にする。期待していることがなかなか訪れないといらいら、じりじりしてくるし、それが待たれている相手に余計な負担を強いることにもなる。待つとは、何かの訪れを迎えるべくじっと待機していることであり、待つ者にイニシアティヴの放棄を求めるものである。フランス語の「待つ」(アタンドル)は、寄り添っている、伴走しているという意味の英語「アテンド」と語源が同じである。あなたが主人公とばかりに、相手にイニシアティヴを与える。そのために徹底して受け身でいることのしんどさは、一度でも伴走したひとなら分かる。「死ぬ」ということを考えるばあいにでも、受け身ということは大きな意味をもつ。「死ぬ」といえばまずじぶんの死を考えるだろうが、自己の死はだれも体験できない。想像するだけである。死亡欄に載っているような第三者の死は、死についての情報ではあっても体験ではない。死の体験のもっとも基本的な形は、じぶんにとってその存在が重要であったひとに「死なれる」という体験である。そう、受動形の体験。

ここまで考えてきて、ふとおもった。わたしがこの世に生まれ落ちたという事実もまた、「生まれる」（＝産まれる）という受け身の出来事であるところから考えるべきではないか、と。〈いのち〉の基本形を、死の場合と同じように、「生まれる」という受動形の体験からとらえなおす作業が、〈いのち〉をめぐる思考にいま求められているのかもしれない。

届く言葉、届かない言葉

数年前、毎週、歯医者さんに通っていた。歯科医院が、眼科や耳鼻咽喉《いんこう》科とともに、一般の病院と異なるのは、患者に年齢の偏《かたよ》りがないということである。お年寄りもいれば幼児もいる。ふだん間近に見ることのないそういうひとたちのふるまいやたたずまいを、見るともなく観察するのは、治療前のちょっと心細い時間のなかでの、ささやかな愉しみでもある。

わたしが目撃したほほえましい光景のひとつを紹介しよう。歯医者さんには、週刊誌のほかに、子ども用に絵本やおもちゃが備えてある。それをめざとく見つけたその幼児は、お母さんに「あれ、読んで」とおねだりしていた。お母さんはさっそく絵本を手にとり、子どもを膝に乗せて読みはじめたのだが、子どもははじめこそ絵本をのぞいていたものの、やがて気はよそに行きだした。となりの子どものおもちゃが気になってしかたがないのである。眼は必死でそれを追う。

やがてお母さんは本を読み終え、子どもの気がよそに行っているのに気がついて、本を閉じる。すると、間髪いれず、子どもは「もう一回」とおねだりする。「ちっとも聞いてないじゃないの」と、お母さんはためいきをつきながら、また最初から読みはじめる。子どもはこんどもまた眼光鋭く、となりの子の遊びを注視している。それに気づいてお母さんが読むのをやめると、子どもは「もっと」とせがむ。奇妙なことである。聞く気がないのに、「読んで」とせがむ。このとき、子どもはいったい何を求めていたのだろう。

たぶん、話の中身が重要なのではない。話の中身以上に、母親の声がじぶんに向けられているということが大事なのではないか。つまりは、言葉の意味より言葉がじぶんに語りかけられているというシチュエーションのほうが、テクスト（物語の意味）よりテクスチュア（母親の声の肌理《きめ》）のほうが。子どもはおそらく、じぶんが、いわば独占的に、母親の意識の宛先になっているという状況に浸っていたいのである。

最近、朗読の練習に通う中高年の方たちが増えているそうだ。うまくなったら、ボランティアで保育園や幼稚園に出かけ、子どもたちに語り聞かせようというわけだ。気持ちは分からないでもないが、ひっかかる。

じぶんが子どもだったら、と考えてみる。ひとりで寝つくとき、枕元で母親が本を読んでくれるとする。そのとき、淀《よど》みない朗読にはたして心はほどかれるだろうか。字を読みまちがえてもいい。劇的な抑揚はなくてもいい。途中で居眠りして中断してもいい。それよりも、読みなれない本を、無理して、眠たいのを我慢して、じぶんのために読んでくれている、そういう場面にじぶんがいられることが心底うれ

しいのではないか。声がまぎれもなくじぶんに向けられているという
ことが。

なれた朗読から響いてくるのは、不特定のひとに向けられた声だ。
めりはりのある、緩急のある、澄んだ声。それはわたしに向けられて
いるというよりも、だれが聞いても耳あたりのよい声だ。だからふつ
う、それはアナウンサーや俳優・声優など、不特定多数のひとに語り
かけることを仕事にしているひとたちが学ぶ。子どもが朗読に求める
のはそういう声ではない。じぶんがだれかにたいせつにされていると
感じられること、それをこそ子どもは望んでいる。

子どもは親の声の質に敏感である。学校に行くようになって、親の
声が、社会のいちばん前の声に変わってくる。「ちゃんと宿題したら、

遊園地に連れていってあげますからね」。「もし〜できたら」という、ひとに対してまず資格を問う社会の最前列の声になってくる。親の顔のうしろ、声の背後に、社会が透けて見えてくる。いうまでもなく、そのような顔、そのような声が向けられるのは、じぶんの子どもというより、社会のなかのじぶんの子どもである。「あそこのお家の〜ちゃんはちゃんとやっているよ」と、子どももまた社会のなかに置かれる。話すほうも聴くほうも、社会の〈標準〉という枠組みのなかで語りだされる。

子どもが、いや大人でも、ほんとうに浴びたい声はそういうものではない。背後に社会が透けて見えない、だれかの存在そのものであるような声、もっぱらわたしのみを宛先としている声である。そういう声のやりとりのなかで、ひとはまぎれもない〈わたし〉になる。〈わたし〉を気づかう声、〈わたし〉に思いをはせるまなざし。それにふれることで、わたしは〈わたし〉でいられる。気づかいあうこと、それは関心をもちあうことである。ちなみに関心（interest）の語源は、inter-esse（インテル・エッセ）、「ともにある」「相互的に存在する」というラテン語のフレーズである。

語りの力

いま朗読が、とくに中高年の女性のあいだでブームになっているらしい。小学校や老人保健施設などでも、絵本や昔話を朗読するボランティアが増えているという。書店には、齋藤孝さんの『声に出して読みたい日本語』をはじめとして、朗読を奨める書物がずらり平積みされている。

先日、NHKでベテランの女優さんの朗読を聴いて、その見事な語りに、からだが打ち震えるような想いにとらわれた。言葉がからだに沁みるとはこういうことかと感じ入った。緩急、強弱、抑揚、間合……。どれをとっても見事というほかない。消え入るような小さな声も効果的に使っていて、ぐぐっと引き込まれた。そのあと技術指導の時間もあり、朗読といっても、かなりの技法と練習を重ねないとなかなかここまでにはならないのだと、納得がいった。

朗読の声は皮膚に触れてくる。まずは意味をなぞり、つぎに意味を超えてひとを揺さぶる。ひとのなかに深いムーヴを立ち上がらせる。声はひとのなかに入ってくる。朗読された物語は、頭で分かる以上に、からだで納得できるというところがある。だから、Eメールの「見る」コミュニケーションがあたりまえになった日常のなかに、朗読というかたちで「触れる」コミュニケーションがよみがえってくるのを、多くのひとが歓迎したのはよく分かる。

それに、朗読がブームになるというのは、朗読することじたいにどこか心地よいところがあるからだろう。つい内へと塞《ふさ》ぎがちなじぶんのからだを大きな声とともに開いてみる、散らばったからだを声を蝶《ちょう》番《つがい》にして腰のあたりでまとめからだに重しをかける、別の思考法、別の感じ方を住まわせることでじぶんの凝り固まった想いをほぐし、ちょっと調子を変えてみる……。この快さも分かる。

だが、とわたしはおもう。

声はわたしに触れてくる。ひとのからだをそっと愛撫《あいぶ》し、そのなかへと沁み込んでゆく。が、それはこころを攫《さら》いもする。語りの意味よりも深いところから、ひとのこころを動かし、まとめるところがある。声は、ひとを拉致《らち》し、誘拐するものでもあるのだ。別れの儀式のときのしみじみとした語り、競技や政治運動における応援と連帯の絶叫、祖国の存亡がかかった状況での悲痛な意志確認、あるいは耳元で巧みにささやきかける誘惑の言葉、ひとをいわば動物的に脅かす号令……。

語りについて論じた『声の力』のなかで、谷川俊太郎さんがおもしろい指摘をしている。「詩・韻文は現代では声を失いかけているが、それを補うかのように歌が巨大な市場を形成している」、と。口調やフレーズで連帯する、メールの絵文字で通じあうというのは、じつは一種のもたれあいであり、「孤独をまぎらわす」新しい文体になっているのではないか、と。

こんな「声」にふれて、どんな声で、どんな口調でというより、だれかに言葉を届けること、意味をたしかに伝えることが、それ以上にたいせつなのではないかとあらためておもった。

言葉の幸不幸

なんとも巡りあわせが悪いというだけのことかもしれないが、東京や横浜でタクシーに乗ると、行き先を告げても返事をもらえないことが、これまで何度もあった。運賃を払って下車するとき、「ありがとう」の一言をもらえないことも多い。そんなこんなで胸くそ悪さが一日、尾を引くことがある。

これが関西のタクシーになると、ちょっとおあいそ（愛想）で「今日はいい天気やねえ」と言おうものなら、一に十の言葉が返ってきて、止まるところを知らず、「しまった、口を開かねばよかった」と舌打ちすることがよくある。

阪神・淡路大震災から十数年経って、思い出す。震災後しばらく、阪神間のタクシーでは、それどころではなかった。「あのとき、おたく、どうしてはりました？」と震災のことにふれると、「お客さん待っているとき、ぐらっときましてなあ、地面が電線みたいに揺れましてな。ほいで……」と、話はこと細かに、そして延々とつづく。が、これは心して聴いた。義務として。そして合いの手も、日頃ほどはうまく入れられなかった。

詩人の佐々木幹郎さんが、夫を亡くした被災者の、こんな言葉を記録している。

「わたしが二階にいまして、一階にいた主人が、二階に妻がいます、助けてくださいと叫んでいたんです」

彼女はそこで一呼吸を置いた。

「そしたらな、二階が一階になりましてん」

佐々木さんはこの言葉にふれて言う。「母音の多い関西弁は悲惨な体験を、おっとりした表情で伝える。余裕すら感じさせられる間合がある。そのことによっていっそう、悲惨さのリアリティが満ちる」、と。

悲惨な出来事が「おっとりした表情」で、どこかユーモアさえ漂わす言葉で語りだされる、そういう会話の風土がたしかにある。被災のさなかでも、聴く相手のことを斟酌《しんしゃく》してしゃべる。これは、相手を退屈させまいという、子どものころから身についたサーヴィス精神のなすところかもしれないし、争いのさなか「われぇ、奥歯ががたがた言わしたんでぇ」と、相手の内部にずかずか入り込んだところで声を荒げる「突っ込み」の気風が、だれかれにも備わっているからかもしれない。

沈黙のあと、もし亡くした夫のことにふれて妻が「あのときもう、(じぶんもいっしょに)あっさり逝《い》てもうたほうがよかった……」などと漏らせば、聴くほうは辛すぎて、二の句が継げない。

たしかに語りの文化の成熟というものが、そこには感じられる。話を閉じるにも、次につながるような閉じ方をしなければという……。

言葉はひととひとのあいだで交わされるものだ。言葉はだれかに宛てて届けられるものだ。そういう会話の基本がここにはある。その基本がひとを救いもする。

他人に向けて語るには、そしてその語りを次につながるよう開いて閉じるには、じぶんの体験を聴くひとにも判るように整理しなければならない。つまり、じぶんの身の上も他人事のように語りだすところがなければならない。これは、視点をじぶんから剝がすということで、じぶんに対してとるこの距離がじぶんを「陥没」から引きずりだしてくれるのだ。苦しいことを独りで抱え込まないよう、じぶんを誘導する知恵とでも言おうか。だから、聴くほうも、話を搾りだすその語りの辛いプロセスを相手が終いまで歩みきるまで、待たねばならない。

が、関西のひとは待つより先に、挑発する。応答をうながす。それが不思議に、被災したひとびとの救いにつながった。

が、とまたさらにおもう。関西のひとの多くは、おのれの言葉に閉じこもりすぎてはいないかと。余所《よそ》に行っても言葉を変えない。東京へ行っても、関西弁だけは大きな顔をして、まかり通る。いや、まかり通す。ほかの地域から東京に来たひとたちとは違って、地の言葉を手放すという悲しみを知らない。外国に行って長期滞在するときにも、言葉をあわせながら、異国の同僚にも出会いばな「まいど」と言わせるのが「なにわ」のひとである。たくましいことはまちがいないが、じぶんの言葉を失うという悲しみ、じぶんを二重にせざるをえないという悲しみは、それだけ遠ざかる。

が、この悲しみが、語りの文化を分厚くさせるものだったことを忘れないでおきたい。じぶんを二重にするというのは、じぶんをこれまでのじぶんから引き剝がすことでもある。これが、被災のときにひとを陥没させない当のものでもあったのだから。

「くやしかあ」

美しさ、醜さというものが、たしかに言葉にはある。あるいは、心地よい響き、品のある言葉づかい、嫌みな言いぐさ、妙にへり下った言いまわし……。が、それは趣味の問題である。かまびすしい会話、がらっぱちな言動、屈折した物言いといったものもある。が、これも趣味の問題である。

趣味、趣味とくりかえしたが、趣味とは文字どおり味の問題である。英語でも趣味はテイスト、つまり味覚からきている。なにかを味わうというのは、それをじっくり吟味できるということだ。だから、旨《うま》ければ心ゆくまで味わいつくすし、不味《まず》ければそれは「いただけない」「のめない」ということになる。もちろん、それは食い物にかぎった話ではない。

言葉もまた吟味の対象である以上、言葉に評価がくわえられるのは不思議なことではない。ひとはたとえば言葉の美しさを言う。「汚い」言葉は、その言葉じたいが美しくないので、それに向かって「汚い」とは言いにくい。それに応ずれば、つい「汚い」言葉に染まった物言いになってしまう。だから「汚い」言葉を前にして、ひとはそれに泥《なず》まぬよう、そっとかわす。

「不味い」という書き方にもうかがえることだが、味がないというのは味が悪いことよりも不快である。苦い、渋い、臭いという不快な味や匂いをも快さに変容させる感覚のわざが、ひとにはある。それで、甘みといった直接的な旨さを超えた味わいを知るのだ。五感のなかでも味覚が、趣味という文化の核心にあるものへと格上げされたのも、そういう理由があるのだとおもう。

言葉にも、がらっぱち、つまりは粗野な物言い以上に不味いものがある。気の利いた言いまわしができないというのもたしかに不味いが、そういう意味ではない。味が消えた言葉である。

ある精神病理の徴候に書き言葉でしか話せないということがあるそうだが、上京して標準語に「母語」を換えるときも、ひとははじめのうち、言ってみれば書き言葉で話している。言葉がおのずから出てくるというより、頭で推敲《すいこう》しながら話している。美しさというより、正しさに心をくだきながら。

味覚に標準的な旨さというものはなく、各自がそこで生まれ育ったその味をベースに吟味をくわえるのと同じで、言葉にもそこからじぶんが育ってきた場所の言葉というのがある。言葉の綾《あや》というものは、そういう地の言葉のなかで玩味《がんみ》される。「母語」を奪うことこそ、戦争の最大の暴虐のひとつである。そのとき、ひとはじぶんの悲しみからも剝がされるのであるから。言ってみれば、からだを奪われるのである。

言葉はからだの底から生まれ、からだの動きとともにある。眼や指と連動しない言葉はない。書き言葉で話すというのは、言葉がからだから遊離する体験でもある。からだの全感覚を動員して「吟味する」

ということじたいが不可能になる。都市生活のなかでひとがデラシネ（根こぎ）の感情に深く浸されるのは、そういう吟味の限界を知るときである。

言葉の美しさを言葉の正しさにすりかえる議論をよく耳にする。わたしは正しい言葉には一度たりとも魅せられたことはない。異郷で、地の言葉にふれて、美しいとおもう。そして故郷の言葉の美しさを懐かしくおもう。そのときわたしがつかう訛《なま》りを殺《そ》いだ言葉は、意を通じさせたいがためであって、標準を意識してのものではない。

以前、九州のある大学を訪れたとき、教授に叱責された女子学生が研究室に戻ってきて思わず迸《ほとばし》らせた言葉、「くやしかあ」を、いまもわたしはよく口まねする。

ここまで書いてきて、やっと分かった。わたしは美しい言葉は好きだが、言葉の美しさを云々する言葉が大嫌いなのだ。

聴きにくい言葉

あれほどまでざわついていた教室からいつのまにやら「私語」が消え、いまは「無語」の世界になっていると、数年前に知人の大学教師が言っていた。授業中にしゃべらなくなったという意味ではない。沈黙のコミュニケーションに入れ替わった、つまり、うつむいて黙々と携帯電話でメール交換をしているのだという。

当時、大教室での授業があまりなかったわたしには、ほんとうかなとおもうところがあった。そうこうするうち「無語」はいよいよわたしのまわりにも押し寄せてきた。ケータイに切り換えるのではなく、ほんとうに「無語」モードに入ったひとたち。素直すぎるのか、ふてくされて押し黙っているのか、よく分からないがそんな印象が教室に漂いはじめている。そういえば、毎週、大学の近くの公立高校へ「哲学」の出前授業に行っている研究室の大学院生からも、生徒たちの完璧な無反応にとまどう声が聞こえてくる。「学校」という装置の耐用年数が、切れかかっているのかな、とおもう。

一日の同じ時間、同じ年齢の人間が閉じた空間にいる。教室では列をなして同じ方向を向いて座る。一時間、黙って「大人」の言葉を聴く。放課後、課外活動も集団でおこなう。学期ごとに身体検査を受ける……。それらにどんな意味があるのか、基《もと》から考えなおさなければならない時期にきているようにおもう。

かつて「学校」は治外法権の場所だった。子どもを残酷な社会の現実から一時隔離して、その現実に対処する方法をすこしずつ学んでゆく場であった。貧富や貴賤などの差がいったん消去されるはずの場であった。

それがいまでは、社会の最前面として子どもたちに立ちあらわれている。「もしこれをしたければ、こうしなさい」「もしこれができないと、次にあれができません」……。このごろでは家庭でも耳にするようになったこの言葉、じつは何事をするにも資格が問われる社会の常《じよう》套句である。その「仮言命法」が集積している場所が、じつは「学校」なのだ。

　別の選択肢が見えなくさせられている場所。訓練にはたしかに別の選択肢を見せないことが必要だろう。が、その前に、言うことを聴くという、その「信頼」が崩れだしているのが、いまの「学校」ではないか。「いい子」はその「仮言命法」のなかをうまく切り抜けながら、うまく切り抜けえているじぶんを「偽善者」として否定し、切り抜けられない子はあらかじめ「学校」から降りている。いずれも黙りこくるしかない。

　選択肢がいろいろあれば、教室はざわめくはずだ。子どもを叱るお父さんを冷やかすおじいさん、おばあさんの声。ぐずる弟妹の声。してはいけないことをそそのかす先輩の声。目の覚めるようなきらきらした言葉を吐く見知らぬ職業人。知らない言葉で懸命に訴える異邦の人……。闇から声がし、雲のあいだからも声が響いてくれば、だれしもうずうずしてくるはずだ。あるいは、考え込むはずだ。聴きやすい言葉ではなく、聴きにくい言葉が、教室にはもっと充満していい。話す側としては苦しかったあの「私語」が、ふとなつかしくなった。

あえて聴かないこと

二〇〇六年に文庫になった重松清さんの短編集『小さき者へ』は、ほろ苦い笑いと涙を誘う作品だ。とくに、学生応援団長時代の想いをずっと引きずっている父親と、その甘すぎるところへもっていつもとんちんかんな愛が迷惑千万な娘とのあいだのすれちがいの物語。それがいよいよ閉じられる段になって、不覚にもわたしは慟哭《どうこく》してしまった。

たくみな物語構成もすばらしいが、親子のちぐはぐな会話がさらにいい。わざと聴くことを拒み、かける言葉も極端に少ない父親が、娘とどうしても折り合えなくて、かといって甘い言葉もかけられなくて、河原で時間つぶししているときに、偶然、これまた鬱《ふさ》いだ状況を髪をカットして切りをつけようとした娘と、ばったり遇ってしまう。そのときの、不器用な会話がとくにいい。

父親にはまったく似合わない申し訳なさそうな言葉に、つい頰がゆるみかけた娘はしかし、そっぽを向いて、憎まれ口を叩く。言わなくてもいい余計なことをつい口走る。笑い返しかけて、逆につれない言葉をこれでもかと吐きつづける。言葉を口にすればするほど、話はますます嚙《か》み合わなくなる。ところが、嚙み合わなくなるぶん、言葉を裏切って、暗黙の了解が少しずつ生まれだす。

会話というのは、ほんとうに不思議なものだとおもう。たとえば、きょうはちゃんと聴きますというふうに、相手の言葉をぜんぶ受けとめようとすると、聴かれる側の言葉は妙によそよそしくなる。自然さが消えてゆく。逆に、聴かないふりをすると、聴かれる側の言葉は妙に自然になる。ちゃんと聴くには、あえて聴かないふりをすることのほうが効果的なことがある。

以前、臨床心理家の河合隼雄さんが、相談にやってきたひとに口を開いてもらうには、「ほう」と感心する才能が要るとおっしゃっていた。それはそれでなるほどとおもうのだが、逆に、聴くことの別のプロ、たとえばカウンターの向こうにいるママやバーテンダーは、聴かなかったことにする、はぐらかす、からかう、とりあわない、つれなくするというようなかたちで、逆にちゃんと聴くという不思議なわざをもっている。

あえて聴く耳をもたないふりをする、耳の端だけで聴く、わざとつっけんどんな言葉を返す、冷たいばかりにあしらう、思いとは逆さのことを言う、ときにはきっぱり突き放す、ときにはこんこんと諭す……。

なぜ、こんな意地悪な対応が、結果として、客の心をほぐすことになるのだろう。たぶん、とりあわないふりをしながらも、客のぐだぐだに最後までつきあってくれるからだろう。「(わたしの)時間をあげる」、このことが聴いてあげるということの本質としてあって、相手の口上を認めるだけが適切な対応ではないということなのだろう。

むかし、酔っぱらってさんざん周囲の者を困らせた元チャンピオン・ボクサーであり、だれかれなくこづかれることで笑いをとったコメディアン、たこ八郎の謎めいた言葉が、彼のお墓には刻まれている。

「めいわくかけてありがとう」。

なぜ、「ごめんなさい」ではなくて「ありがとう」なのか。このことの意味をじっくり問うことが、ケア論のコアにつながると、わたしは考えている。

リスニング

じぶんが受験生のころにはリスニング・テストがなくて助かった……。外国語の聞き取りが苦手なわたしは、そっと胸を撫《な》で下ろしながら、つい先日、センター試験の入試実施本部に詰めていた。

この「リスニング」に加えて、官公庁や研究者が頻繁におこなう「ヒアリング」と、いまの世の中、「聴く」ことのインフレーションが起こっている。カウンセラー、セラピストから介護施設における傾聴ボランティアまで、聴くことの専門職も増えてきた。

そもそもそんな聴くことの専門職が必要になったのは、世の中から聞き役がいなくなったからである。一昔前までは、家族のなかに、軽くいなしながらも時間をいとわずに話を聞いてくれるおじいちゃん、おばあちゃんがいた。診察のついでにいろいろ近況を訊いてくれるお医者さんがいた。気がつけば、町をぶらぶらしだれかれとなく声をかけているご住職がいた。それがいまは、高齢者は介護施設におり、医師は患者よりもコンピュータを見つめる時間が長く、住職はちりぢりになった檀家へクルマに乗って月参りに行く。いちばんそばにいる親からして、子どもとの接し方が分からず、心細い想いをしている。

聞き役というのはいわば定点みたいなものである。じぶんが迷ったとき、鬱《ふさ》いでいるときに、ふとふり返るといつも後ろから見ているひとがいる。責任部署とか警察のような機関ではなく、あくまで具体的なひとである。

幼児は、たとえば入園式で、はじめて親の元を離れ集団のなかに入ってゆくとき、かならず後ろをふり返って親の姿を確かめる。何度も何度も。だれかに見られている、あるいは関心をもたれていることではじめて、ひとは独り立ちできる。その意味では、ひとには文字どおり後見人が要る。

ふり返ってもだれもいない……。家族や地域のそうした「協同」という関係が弱まってきて、ひとは見るとはなく見てくれているひとの不在におびえるようになった。ここで同じように言っておかなければ居場所がなくなるという不安からだろう、つい言葉を合わせるだけの会話が増えてくる。同じ雑誌をのぞき込みながら「これ、カワイー」とはしゃぐ裏には、きっとそんな不安が隠れている。

だれかにほんとうに聴いてもらいたくなるのは、じぶんでもなぜ鬱いでいるのか分からないときだ。たとえば、ふてくされた中学生から言葉を引き出すことほどむずかしいことはない。訊こうとすると嫌がるから、逆に鼻歌でも歌いながら別の用事をし、聴くとはなしに聴くというくらいの感じで、はじめて口を開いてもらえるというところがある。なにか思い詰めているときには、ひとは「言ったって分かるはずがない」とつい口が重くなるもので、横で「ふんふん」うなずかれると、「そんなにかんたんに分かられてたまるか」と逆ギレしてしまいもする。それはただちに相手に感染し、聴くほうも「分かるけど分かりたくない」と意固地になりもする。そんなものである、会話というのは。

正面からきちっと聴こうとする「傾聴」（リスニング）では、そういうすきまやずれは生まれにくい。構えをほどいて語りだそうにも、話の糸口が見つかりにくいし、はたしてこの言葉が相手に届くかどうか、言葉の感触をいちいち確かめながらしか語れないから、語りはつい断片的になる。語りよりも沈黙のほうが長くなる。

聴くほうは聴くほうで、じりじり緊張して待つだけで疲れはてる。そしてついにその沈黙に耐えきれなくなって、「あなたの言いたいのはこういうことじゃないの」と急《せ》いて答えを求める。語るほうはその明快な語り口につい乗ってしまい、「分かってもらえた」とおもう。

こうして、語ることでみずからの鬱ぎから距離をとるそのチャンスを、聴く側が横取りしてしまうのだ。

事態のこういう機制をわきまえた聴き手は、だからさらに待つ。この焦《じ》れ、このむずかしさを凌《しの》ぐのは容易なことではない。だからこそ聴き手は専門性というたしかな距離にもたれかかろうとする。「わたし」にできることの限定を求めるのだ。専門家のそんなマニュアルどおりの聴き方を前にすると、ひとは当然口を閉ざす。悪循環である。

「聴く」「聞く」「訊く」、そして嗅ぐという意味での「きく」と、いろんな「きく」がある。それらがたがいにずれあい、からみあうなかで、かろうじて「聴く」といういとなみはなりたつ。そんな現実の「聴く」から、リスニング・テストの「聴く」は限りなく遠い。

インタビューの練習

大学も新学期である。いまでも初回の授業は、新顔ばかりだからなかなかに緊張する。

初回の授業では、「自己紹介」ではなく「他己紹介」をやることにしている。二十分くらい、各自、隣に座っている学生にインタビューしてもらい、彼または彼女がどういう人物か、本人になりかわって紹介してもらうのである。

見ず知らずの相手に言葉をかけるというのは、なかなか怖いものである。とっかかりを見つけるのがむずかしく、それをまちがうと、のちのちの関係がひきつって、ストレスフルになる。それを回避するために、相手との共通点を見つけようとする。家庭環境、出身地域、趣味、将来の希望など、どこかに共通するところはないか、おずおずと相手との共通項を探るのである。所属している学科、クラブ活動、余暇の過ごし方、好きなタレントなどなどである。だから当然、インタビュー後の「他己紹介」は定型的な、なんとも退屈なものとなる。

そのことにとことん気づいてほしい……。そうおもって、わたしはこの方法を選んだ。相手の、差し障りのない、ということはどうでもいいような表面、つまりはそのひとの存在のコアに迫ることのない、安全だけれどもちっとも決定的でないような問いの退屈さに気づいてほしいがために。

インタビューのむずかしさは、そして怖さは、相手との接点がこれまでないにもかかわらず、相手にまだ信用されていないにもかかわらず、会うなりストレートに突っ込んだ話に入るという点にある。インタビューを学生たちに相互にしてもらうのは、こうしたスタイルのコミュニケーションが現代の都市生活ではつねにもとめられるからである。

子どものころからたがいに見知りあっている者たちの厚いコミュニティというのは、いまの地域社会にはない。マンション住民がそのマンションの建て替えについて話しあうときも、地域の安全対策について協議するときも、同じ地域に住みながらたがいの生活をこれまでほとんどかかわらせてこなかった住民が、同一の主題について突っ込んだ意見を交わす必要がある。共有するコンテクストがほとんどないなかで、まずたがいになじむことにエネルギーを費やすのではなく、ストレートに問題の本質に入ってゆく、そういう会話がそこでは必要となる。インタビューはそういうコミュニケーションのスタイルを身につけるためのレッスンとなりうる。

インタビューの第二の目的は、他者の思いを本人になりかわって伝えることにある。苦しい体験、禍々《まがまが》しい出来事というのは、だれも口にしたくないものだ。しかしそれは、たまたまそのひとが強いられることになっただけで、ほんとうは別のだれかが直面したかもしれないことでもありうる。そういう体験を一人のこころの暗がりに閉じ込めておくのではなく、そのひと独りに背負わせるのではなく、ひとつの

「証言」としてみなで背負う、そのために口を開きにくい本人になりかわって語る、そういう語りである。「証言の証言」としての聴き取りである。

インタビューのさらにもうひとつの意味は、訊かれる側のセルフイメージの鏡になることにある。訊かれる側は、訊くひとのその訊きたいことがらに沿って語ることもあれば、じぶんのセルフイメージをいわば強化するために語ることもある。そんななかで、訊く側が訊きたいこと、訊かれる側が訊いてほしいことをともにはぐらかすような語りを引きだせるかどうかは、インタビュアーの訊き方に、空気づくりに、かかっている。訊かれる本人がじぶんでも気づいていなかったじぶんについて知るチャンスをつくること、そのために、あえて話の腰を折ったり、話の道筋を逸らせたりしながら、訊かれる側がじぶんを映すその鏡になること。ここにもインタビューの意味はある。

そっとしておくべきところを突《つっ》くのだから、なんともおせっかいな話になるやもしれない。いたわりのないところでは、「証言の証言」は本人の傷を増幅させるだけの結果になりうる。他者のふれてほしくないところにふれるのだから、「訊く」前にまずはとことん「聴く」姿勢もたいせつだろう。それでも訊かなければならないことがある。いつの日かみずから担わなければならなくなることもあるだろうそうしたぎりぎりの言葉のやりとりを、とくにその感触を、あらかじめ少しは学んでおくことがわたしたちには必要なのだ。

ためしに家族のあいだでインタビューしあうこと。ひょっとしたら空気ががらっと変わってしまうかもしれない。

イメージと妄想

大学の同僚でもある演劇家の平田オリザさんは、授業でもイメージの共有ということを重視したトレーニングをおこなっている。架空のボールの投げっこをしたり、長い想像の縄を回しながら集団縄跳びをする。はじめはとてもぎこちないが、しだいにそれらしくなってくるから不思議だ。

劇をつくるには、たしかに豊かな想像力が要る。存在しないひとを役として演じるのだから。現実ではない出来事を舞台に起こすのだから。

考えてみれば、これは演劇にかぎったことではない。新しい事業を起こすときも、新しい組織をつくるときも、住宅や都市空間のデザインをするときも、じつは同じことをしている。不在のイメージに沿って、現在の活動を、あるいは空間を、別なかたちに編みなおそうというのだから。ここでもイメージを喚起する力、共有する力が大事である。

アーティストたちも最近、コラボレーションとかインスタレーションとかいって、よく集団で創造を試みる。これに見習う必要があるのは、だれかが一枚の正確な青写真を描いて、それに向けてみなが結集するというやり方をとらないことだ。行き着く先はだれも知らない。

ただぼんやりと、なにか「わくわくするもの」「鳥肌の立つようなもの」というようなテーマ（あるいは感覚）を共同で設定し、そのテーマにしたがって各自がそれぞれにイメージを膨らませ、それらをたがいに調整しあい、それぞれにそれぞれの仕方で得心しながら、ということはそれぞれに自己変容しながら、最後はこれ以外にはないという一つのところへもってゆく……。そうした運動、そうした技法を磨いている。

現代アートを見るひとは、よく分からないという。けれどもやっているひとたちは、分からないけどおもしろい、いや、分からないからおもしろいという感覚をもっているのではないだろうか。違う人間が不定のイメージを不定なままに共有し、そこからじぶんでも想像していなかったものができあがるという楽しみである。

ただ、ここで注意しておきたいのは、「世直し」を志向するひとたちも、イメージとその共有を強く好むということだ。世の中をみなでこんなふうに変えるのだ、と。この志向の危ういところは、同一のイメージを共有することでみなを結集してゆくところにある。集団を開くというよりも、ときにイメージが妄想にまで膨らみ、固まって、それを軸に集団が内向してゆくからだ。

そういえば、平田さんからおもしろい話を聞いた。劇団員の採用をするときには、希望者の話を聞きながら、コンテクストの近いひと、コンテクストを広げられるひと、独特のコンテクストをもつひとに分類する。そして後者から順に選んでゆくという。つまり、もっとも遠いひとから選んでゆくというのだ。

集団を形成するときに重要なのもそういうことだろう。たがいに差異を深く内蔵したまま、ゆるやかな、しかしたしかな紐帯《ちゅうたい》をかたちづくる。そのときけっして共有しかけているイメージを硬直させないこと。最近のアートがその制作のスタイルからして「コミュニケーション」を志向していることには、深い意味があるようにおもう。

対話ワークショップ

仕事柄、書き物や映像で接してきただけのひとと「対談」させていただく機会が少なくはない。お目にかかったらあれも訊きたい、これも訊きたいと、胸をふくらませて、席に臨む。

ところが、あとで対談の「起こし」を見て、愕然《がくぜん》とすることがある。あのときあの方はこんなこと言っていたのか、と。二人でたっぷり話しあったような気分でいても、耳に入っていない言葉がいろいろある。相手の話にしっかり耳を傾けているつもりで、じつは次にどう受け応えするかばかり考えていて、肝心な点を聴きのがしていることが多い。

わたしの勤務している大学に、二〇〇五年の春、コミュニケーションデザイン・センターという機関が開設された。そのスタッフで、劇作家でもある平田オリザさんが、先日、学生や市民を対象に「対話ワークショップ」を開いた。

五時間におよぶワークショップのほんの一部にしか参加できなかっ

たが、それでも眼から鱗が落ちるような思いに何度も襲われた。

好きな果物をイメージして、それから同じ果物が好きな者どうしが集まる。みな子ども時代に戻ったように、手を掲げ、大きな声で呼びかけあう。これは、まず、声を出す練習（と、種明かしされる）。

次に1から50まで数字を書いたカードが配られる。1はもっとも活動量の少ない趣味、50はもっとも活動量の多い趣味を意味する。それぞれがじぶんの持ち札に記された数字に相当する趣味をイメージする。そしてその数字にいちばん近いカードの持ち主を相手の趣味から推しはかり、ペアを組む。たとえばわたしの数字は12だったので、ショッピングをイメージした。そして散歩あたりを趣味としているひとを探した。

さて、ペアがそろった段階で、全員がじぶんの数字を明かす。けっさくだったのは、同じ「サッカー」が趣味だからということで即座にペアをつくった組。ひとりは30で、もうひとりは48だった。「サッカー」という言葉は同じでも、イメージのずれがひどく大きい。それが発覚した。

平田さんいわく、「何をイメージしているかが問題なのではありません。どのようにイメージしているかというコンテクストをきちんとつかまないと、コミュニケーションにならないのです」。

「サッカー」でペアを組んだメンバーは、言葉の一致で安心し、それ以上たがいの思いを探らなかった。1差でペアを組んだメンバーのほうは、「あなたの考えるもっとも激しいスポーツは何ですか？ サッカーとマラソンではどちらが激しいですか？」などと、イメージのコンテクストを探りあっていた。失敗した組は、相手の話を相手の文脈でとらえようとはせず、それで失敗したのだ。

みずからの「対談」をふり返り、冷や汗をかいた。この時代、わたしたちはひととひと、国と国の「対話」の重要性を訴えるが、合言葉が一致したからといって理解が深まるわけではない。「対話」という言葉に何を託しているのか、その背景にあるコンテクストをていねいに擦りあわせないと、「対話」からますます遠ざかってしまうことになるだろう。

たしかな言論はどこに？

家族のかたちというのは、多様である。その多様さは、この二、三十年、加速度的に進行してきた。離婚の増加で父子家庭や母子家庭が増えているし、別に所帯をもっている息子、娘が介護シフトをしいて一時的に親と同居しているような形態も増えてきた。家族の一員が単身赴任で常時不在であったり、息子・娘が「パラサイト」状態であったり、二所帯が住宅をシェアして「共同家族」をいとなんだり、単身者がルームメイトとして擬似家族を構成したり……。

むかしよくあった「住み込み」や「下宿」がほとんど見られなくなったぶん、都市部では未婚者・非婚者、それに独居老人といった単身者が確実に増えている。いうまでもなく、子どものいない家族、高齢者だけの所帯も増える一方だ。

家族がこのように急激に多様化してきたのに、住宅はといえば、頑迷なばかりにワンパターンである。

公団住宅にしてもマンションにしても、「核家族」をイメージして、家族の員数マイナス一の数の個室（主婦の居場所はダイニングルームと想定してマイナス一）と共有空間としてのリビングルーム一、玄関もトイレもバスルームも一家族に一つ、というわけだ。

家族の数だけ入り口があって、その入り口から個室に直行できるような設計の新しい公団住宅のかたちが実験的につくられる例もないではないが、集合住宅のほとんどはいまだにこの「核家族」を内向きに想定した設計になっている。

一説には、家屋がたんなる消費物件となり、汎用性をもった設計のものが将来売却しやすいので、ついこういう設計になるということらしいが、それ以上に、家族のイメージがあまりにも定型化されているというのが理由ではないかとおもう。

地域やコミュニティについても同じことがいえる。地域といえば、だれもがまず、むかしながらの商店街や下町といった、たがいがたがいを出生以来、よく見知っているような「まち」、季節ごとに町内会が共同の行事をとりおこなうような「まち」を、習性のようにイメージする。が、じっさいの地域生活をみれば、もっともめだつのは、郊外の集合住宅や都市に乱立するマンションだ。

ここでは、地域の関係は、見知らぬひとたちの集合でしかない。地域は地べたの水平の関係ではなく、階ごしの垂直の関係になっている。隣人が上に、下にいて、エレベーターでたまたま顔を合わしても、それが内部者か外部者かすら分からない……。そのようなそれぞれに内に閉じた光景がないかのごとく、地域といえば、すぐに親密な共有空間をイメージするのは異様である。

イメージと現実の落差ということでいえば、凶悪犯罪の急増という印象と犯罪件数の統計とのあいだのずれや、「介護問題」のなかで語りだされる「老い」の像と、老境にさしかかった団塊世代のじっさいの意識との意外に大きなずれも、気になるところだ。

イメージの向こうにある「現実」をしっかりとらえよと言いたいのではない。統計的現実もまた別のイメージでしかないし、そもそもが社会はさまざまなイメージを媒体として編まれている。わたしたちの社会は、政治も金融も流通も、論理という以上にイメージで動いている。ニュースショーにみられるように、「現実」や「実態」を報道するはずのマスコミが、知らぬまにイメージの集積と化し、イメージを煽《あお》る当の媒体になっている。わたしがここで綴っているこの文章もまた、「現実」のイメージに別のイメージを重ねる効果をしか生まないということもありうる。

問題は、イメージの覆いを剝いだ「現実」ではなく、むしろたしかな言論とは何かということだ。イメージのなかでうごめいている確実な動線、あるいは現実というものの表と裏、あるいはその折り返しや錯綜を正確にとらえる厚い言論を、市民がたがいにどのように交換しあうか、そしてそのなかから「現実」をどのように立体的にとらえてゆくかということだ。「現実」は、流通するイメージに振り回されない厚いたしかな言葉の交換のなかからしか浮き上がってこない。

じぶんがふだん口にしている言葉でいえば、関西人は長い時間をかけて、一連の言葉のなかに多次元的なメッセージをはめ込むような会話の術を磨いてきた。相手の言葉にわざとからんでいって話のひだを拡げたり、絶妙の受けで相手の発言を誘いだしたり、「そやそや」「そうかそうかぁ」と言葉を折り重ねることで思いやりを深めたり、ある言葉でそれと正反対のことを示唆したり……と、コミュニケーションの綾を織ることに長《た》けている。関西人は、いまこそその術をたしかな言論、厚い言論へと向けて、「おしゃべり」だけでなく「議論」のなかで、もっと活かすべきではないだろうか。

Ⅳ　違い

ひとを理解するということ

「わたしには他人の痛みというのがどうしても分からないんです……」。こういう率直な発言がわたしは好きだ。

ケアについて考えるとき、ひとはよく「他者の全人的理解」などという言葉を口にする。だれかを、そのひとが置かれている状況とそこでの想いをもふくめ、まるごとしっかり理解する……？　しかし「理解」ということが、他人と同じ気持ちになること、より具体的には他人と同じように感じたり、同じように考えたりすることだとしたら、そんなことは人間にはおそらく不可能であろう。また感情伝染のばあいのように、不意にまるで天啓のように同一の感情にとらえられるということもないではないであろうが、それは感情の共振ということであっても「他者の」理解ではない。なぜならそこには、「他者の理解」というものがなりたつ前提である、他者とのあいだの隔たりというものが消去されているからだ。

「全人的」ということにも異論がある。ひとはひとつの全体としてとらえられるほどまとまった存在ではないからだ。患者の「全人的理解」ということが看護においてしきりに要請されるようになったのには、もちろんそれなりの理由があることは分からないでもない。患者を看護の一個の対象として見る、そういう、技術先行の、感情の通いあいのない関係への反省からそれは生まれてきたのだろうし、よく言われるように病院のなかで看護といういとなみが主体／客体の関係へといつのまにか変容し、そこにともに手をたずさえて病に向かうという過程が欠落しがちなことへの反省からも、そういうふうに要請されることになったのだろう。あるいはまた、病というものをそのひとの生活や人生の全体からひとつの意味、ひとつの出来事としてとらえることをしないで、患部、つまりひとの身体の局所的な出来事としてとらえることの誤りへの反省というものも、そこにはあったのかもしれない。

しかし、「全人的」というのは過酷な要請である。先に述べたように、まずひとはひとつの完結した全体としてとらえうるようなものではない。過去の外傷、コンプレックス、いわゆる質《たち》、そして無意識の欲動など、なぜそうなるのかじぶんでも気づかないままそのひとの生というものをかたちづくってきた性向というものがある。フロイトが指摘していたように、ほんとうに大事なものを隠すためにどうでもいいことばかり憶えているということもある。記憶ひとつとっても鵜呑《うの》みにはできないのだ。それどころか、ひとはじぶんのこともじぶんでは「全体」としては理解できない。意識という面からすれば、その地平はいわば穴ぼこだらけになっているし、意識の地平じたいも複数のそれが複雑に絡みあい、すれ違い、交差し、錯綜しているというのが実情ではないだろうか。自己というもののまとまった像など、だれも思い描くことはできない。「物事にはいろいろの性質があり、魂にはいろいろの性向がある。なぜなら、魂に現われてくるもので単一なものはなく、また魂はどの対象に対しても単一なものとしては現われないからである。ひとは同一のことで、泣いたり笑ったりする」、「人間はつねに分裂し、自分自身に反対している」……こう書いたのは、十七世紀フランスの思想家、ブレーズ・パスカルである。じぶんのことですらそうなのに、はたして他者についてその「全体」を知るということなどできるものだろうか。自己のことであれ他者のことであれ、分からないこと、理解不能な部分のほうがはるかに多いのではないか。

家裁で調停の仕事をしている知人から、こんな話を聞いたことがある。言い合って、言い合って、言い合ったはてに、万策尽きて、もはや歩み寄りの余地、「合意」の余地はないとあきらめきったそのときから、「分かりあう」ということがはじまる、と。この話はいろんなことを考えさせる。

まず、分かる、理解するというのは、感情の一致、意見の一致をみるというのではないということ。むしろ同じことに直面しても、ああこのひとはこんなふうに感じるのかというように、自他のあいだの差異を深く、そして微細に思い知らされることだということ。いいかえると、他人の想いにふれて、それをじぶんの理解の枠におさめようとしないということ、そのことでひとは「他者」としての他者の存在に接することができる。

ということは、他者の理解においては、同じ想いになることではなく、じぶんにはとても了解しがたいその想いを、否定するのではなくそれでも了解しようと想うこと、つまり分かろうとする姿勢が大事だということである。そして相手には、そのなんとか分かろうとしているということこそが伝わるのだ。つまり、言葉を受けとってくれた、という感触のほうが、主張を受け入れてくれることよりも意味が大きいのである。言っていることが認められたというよりも、言った言葉がそのままとりあえず受け入れられた、それがそれとして肯定されたという感触がたいせつなのだとおもう。じっさい、ひとには、それがじぶんにとって重大であればあるほど「分かられてたまるか」という想いがある。大事なことをかろうじてぽつりぽつりと口にしたときに、「その気持ち、分かります」などと言われれば、かえって「何が分かったの？」と言ってしまいもする。あるいは逆に、聴く側からすれば、ここで分からないといけないのだろうけれど、それでもどうしても分かりたくないというシチュエーションもある。真剣に聴こうとすればするほど、そういうことは起こりがちである。もっとややこしいのは、ひとの話を聴くとき、相手が「分かってもらえてうれしい」と言ってくれたときでさえも、じぶんはほんとうにこのひとのことが分かっているのか、どうしても分からない、分かったという感触がない……などとなかなか納得がいかないものなのに、じぶんが聴いてもらうときにはなぜか、ああ、分かってもらえたという確信のようなものが、しっかり生まれるものである。この非対称はとても不思議だ。

このように見てくると、理解するとは、合意とか合一といった実質をともなうものではなく、分からないままに身をさらしあうプロセスなのではないかとおもえてくる。一致よりも不一致、それを思い知ることこそが、理解においては重要な意味をもつ、と。そういう苦い過程を踏んだあとでこそ、「あのときは分からなかったけれど、いまだったら分かる」ということも起こるのではないだろうか。そのとき、「わたし」はそういう過程をぐることで変わったのだ。そういう出来事が起きれば、その場で分かるか分からないかはたいした意味をもたない。そういう意味で、他者を理解するということのうちには、他者の想いにふれ、それを受け入れることで、自己のうちで何かが変わる、これまでとは違ったふうにじぶんを感じられるという出来事が起こるということがふくまれているようにおもわれる。

看護のいとなみというのが深いのは、いうまでもなく他者のいのちに深くかかわる行為だからでもあるが、しかし同時に、そういう他者に深くかかわる行為をとおして、看護する者自身がじぶんを理解する新しい仕方を手に入れることがあるから、じぶんをこれまでとは違うように見ることができるようになるからではないだろうか。あるひとの立派なおこないに打たれたり、あるひとの文章にひどく動かされるというのも、それによってじぶんのじぶん自身へのかかわり方がごそっと変えられるからであろうが、それと同じ出来事がたぶん看護の仕事のなかでも確実に起こっているようにおもう。

結局、じぶんとの関係がどうこうということを離れて、つまりじぶんが言ったことが承認されるかされないかは別にして、それでもじぶんのことを分かろうと相手がじぶんに関心をもっていてくれることが相手の言葉やふるまいのうちに確認できたとき、ひとは「分かってもらえた」と感じるのだろう。理解できないからといってこの場から立ち去らないこと、それでもなんとか分かろうとすること、その姿勢が理解においてはいちばんたいせつなのだろう。

「わたしには他人の痛みというのがどうしても分からないんです……」。その言葉を口にしたのは、知人の大学教授である。彼の妻は、夫とともに米国で生活していたときに、交通事故にあった。訴訟で神経をすり減らしたあと、神経に失調をきたし、はげしい閉所恐怖症になり、日本に帰ってからも、たとえば新幹線に乗っても一時間も列車の箱のなかにいられない。それで、東京から広島の実家に帰るときも数十分おきにドアの開く各駅停車のこだまに乗らざるをえなかったという。

彼女の恐怖がどういうものか、よく分からない。だけど仕方ないからつきあって、いまもこだまに乗って移動しているという。彼女の傍らを去らないで、ずっといっしょに移動する……。そのことが彼のばあい、彼女へのたしかな「理解」になっていたのではないかと、わたしはおもう。

ひとを選ぶということ

大学に勤務している者にとって、二月は憂鬱《ゆううつ》な季節である。

この時期に集中するのは、ひとを選別するという仕事である。卒業論文審査とそれにもとづく卒業認定、大学院への進学者の決定、そして入試、つまり次年度入学者の選抜。

ひとを選別するというのは、いうまでもなく、だれかを選び、だれかを外すということである。身もふたもない言い方をすれば、だれかに向かって「あなたは必要」「あなたは不要」と言い切ってしまうことである。さらにあからさまに言えば、だれかの存在を値踏みすることである。そんなことを性懲《しょうこ》りもなくあたりまえのようにおこなっているじぶんにこの時期、いやでも向き合わざるをえなくなる。それが憂鬱なのだ。

学生のときはそれなりにしのいできたつもりだ。一度かぎりの当て物のような試験で、その後の生活の大筋が決まるという、ひとをばかにしたサバイバル・ゲームのような制度のなかで、それをゲームとして割り切ること、ぜったいに本気にならず最短時間で要領よく切り抜けること、つまりはこんなところに人生の本舞台はないとじぶんに言い聞かせることで、そのつどなんとか切り抜けてきた。選ばれなくてもとことん落ち込まなくてもすむように。

たしかに、競争をベースとする社会次元では、選別・選抜はあたりまえのことだ。「選良」（エリート）、「選手」は、組織によって選ばれる。ある領域でのきわだった能力や属性をもつものとして。それは、そういう属性をもつものならだれでもよいし、またいつでも別のひとと取り替え可能である。これは、競争社会の、あるいは競技の掟《おきて》である。競うこと、つまり勝ち負けがかかっているような場面では、有能な者を選抜するというのは、差別でもなんでもない。「適材適所」、この考え方で競争社会は運営される。

入試もまた、そういう社会の選抜制度の一つであるとみなすことで、あたりまえの行事のように毎年なされてきた。この「あたりまえ」のなかで隠されている問いがある。それは、ひとに他人を選別する資格がはたしてあるかという問いである。

ひとを裁く、つまりひとを制裁するかしないかの決定をする裁判官の場合は、おそらく、日々ぎりぎりのところで、はたして人間は同胞を裁く資格があるか、「わたし」に他者を刑罰に処したり、死を命じたりする資格があるのかという問いに向き合わされている。「わたし」が最終判決をおこなう。つまり他者の今後の生のあり方について「わたし」が強制的な決定を下す。そのことの怖ろしさにひとは耐ええないからこそ、「法」の精神においてそれを下し、その「法」の精神を体現している存在として身に法衣をまとう。そうでないともたないのだ。

裁判が、ある行為を「だれかの行為」ではなく「行為そのもの」として、「法」的に裁くのだとすれば、恋愛はまさにひとの存在そのものを選ぶものである。恋愛において選ぶということがのっぴきならない関係になるのは、三角関係においてである。一方を選ぶことは他方を棄てることになる、一方を愛することは他方を裏切ることになる。そのあいだに調停とか中をとるということはありえない。そう、そこでは存在が認められたり、廃棄されたりするのだ。これはきつい。

ただし、だれかを恋愛の対象とするかどうかじたいは選べない。ひとはそういう関係にどうしようもなく巻き込まれるのであり、あるいはそれへと突き動かされるのであって、思案してから選ぶようなものではない。

同じように、家族も選べない。親は子どもを選んで産むわけではないし（子どもをデザインすることを望むものもいないわけではないが、こんな子どもになってほしいという親の願いほど子どもにとって鬱陶しいものはない）、逆に子どもは親を（原理的に）選べない。しかし家族という関係は、ひとの人生において圧倒的な重みをもつ。

ひとを選ぶことの不遜については、それを問うことをやめないでいるほうがいい。ひとを選ぶという態度は、結果として、じぶん自身を「ひとに選別される」存在として貶《おとし》めることにつながる。じぶんはある条件を満たすかぎりでしかその存在が肯定されないということ、そして一つまちがったら別のひとに置き換えられるということ。「ひとを選ぶ」というのは、そういう場所にじぶんも立つことを認めるということなのである。

　ひととの出会いというのは、だれにも選べない。それは、ひとを選別するということの外で起こることである。選ぶ／選ばれるという関係のなかで選別されるのではない、そういう「選ばれ」である。恋の対象として選ばれるばあいであれ、ある語りの聴き手として選ばれるばあいであれ。

待たれる身

「待つ身が辛いかね、待たれる身が辛いかね」。

檀一雄と熱海《あたみ》で豪遊し、妻が身を砕いて工面した金をいともあっさりと使い果たした太宰治《だざいおさむ》は、借金の算段をしてくると言って、檀を人質として宿に残し、ひとり東京に出る。いつまでも戻ってこない太宰にしびれを切らした檀と宿屋の主人は、方々捜しまわったあげく、井伏鱒二の家でようやく太宰を捕らえる。その太宰は井伏とのんびり将棋を指していた。「何だ、君。あんまりじゃないか」と詰め寄る檀に向かい、駒を持つ指をぶるぶる震わせながら、太宰が吐いたのが、この言葉だ。

とっさに思いついた言い訳、逃げ口上だったのかもしれない。あるいは、かろうじて搾りだした憎まれ口にすぎないのかも。

待つ身はたしかに辛い。何かをいまかいまかと待っているひとの心は、しだいにじりじりしてくる。そしてそのことで頭がいっぱいになってくる。ちょっとした物音でさえ、待っているものが到来しつつある徴候であるかと見誤ってしまう。視野狭窄《きょうさく》に陥って、意識は空回りし、やがてひきつりだす。時は遅々としてねばつくようにしか流れず、待つことじたいがひどく苦しくなる……。そこに思いをいたせば、太宰の言葉はまこと、いい気なものだとしか言いようがない。

檀はこのあと、「この言葉は弱々しかったが、強い反撃の響を持っていたことを今でもはっきりと覚えている」と書いているが、わたしもこれとは別の文脈で、待たれていることの意味についていくばくか考えてみたい。

待たれているというのは、いいかえれば、じぶんがだれかに何かを期待されていること、何かを強く、あるいは静かにうながされていることである。ふつうわたしたちは、中身はともあれ、みななんらかの希望を抱き、それに向かって邁進《まいしん》することで身を保っている。ある事態の到来を待ち望む、それが希望ということである。祈りということである。どんな惨めな状態にあっても、ひとは一条の光明ともいうべきこの希望、祈りによって、かろうじて身をつなぐ。

が、ひとには別の身の保ち方というものがある。ひとに期待されていると感じることで、身を奮い起こすということがある。じっさい、他人からの評価や賞賛が身を支えてくれることを、わたしたちは日々経験している。それを励みにがんばっている。ひとはこのように、何かを待ち望むことによってではなく、待たれている者としてみずからをとらえなおすことで身を保ちもしている。

だれかからの呼びかけ、ないしはうながしに応えるということ、つまりはリスポンド、このことが、英語では、「責任」（リスポンシビリティ）という概念の核にある。ここでは、ひととしての責任が他者からの期待に応えることとして意識されている。彼らはじぶんがなすべきことを、じぶんが何をしたいかというほうからではなく、じぶんが何を求められているかというほうから考えてきたのである。

呼びかけられている者、うながされている者としてじぶんを意識するということには、たしかに危うい面もある。呼びかけやうながしを何者かからの召喚と過大に受けとめ、じぶんを嘱望された人間、つまりはエリート（選良）と考えてうぬぼれてしまうことがある。逆に、嘱望されたくて、卑しいほどに他人に取り入ろうとすることもまたよくある。

リスポンドといえば、これから派生した別の言葉に、コレスポンデンス（呼応）がある。ふつうは一致や照応を、そして文通を（フランス語ではさらに連絡や乗り換えを）意味するが、もとをいえば、何かと何かがたがいに呼びかけあい、うながしあう関係のことだ。

ここからわたしがふと思い浮かべるのは、強要するのではなく相手がみずから気づくのを待つひとたちと、じぶんがだれかから何かを期待されていることにあるときふと気づいたひとたちとの、静かな共同体である。待つひとは、相手が待たれていることに気づかなくても、それはそれで仕方がないというスタンスで待ち、待たれるひとはこれまでじつは密かに待たれていたことに気づき怖ろしくなる……。そういう急《せ》かない間柄がかろうじてなりたっているところではじめて、「いつかきっと分かるやろ」という信頼ははぐくまれる。自他のやりとり、つまりはコレスポンデンスという、相互にリスポンドしあう関係が、そのように強要としてではなく静かなうながしとして満ちている社会、それこそがほんとうに品位のある社会ではないかと思うのだ。

待たれる身としてみずからを受けとめなおすところ、そこからしかこうした社会は見えてこないようにおもう。

隣のひげについ触れる距離

京都市下京区のある幼稚園の関係者から、近くの小学校四校あわせて新入生が百人を切ったと聞いて、返す言葉が出なかった。それらの小学校は遠からず統合されるはずだという。わたしが下京の小学校に通っていた五十年近く前は、同学年が三百人を超えていた。

とっさに、休み時間の校庭を想像した。きっと子どもの姿もまばらな校庭。同じ校庭にかつては十倍以上の学童がうようよしていた勘定になる。

「うようよ」という表現では悠長すぎるかもしれない。「うじゃうじゃ」でも弱く、「ひしめきあって」というのが近い。

わたしが入学したときは、教室がとにかく不足していた。急場しのぎに講堂をベニヤ板で六つに仕切り、その仮教室で生活した。隣の級友のちょっとした息づかいも身動きもじかに伝わってくるそんな距離だったので、満員の列車に乗っているようなものだった。

休み時間になると、これがまた大変。狭い校庭に生徒たちが群がり、遊び場所を見つけるのが一苦労であった。縄跳びなんかをしようものなら、追いかけっこをしている別の生徒がしょっちゅうあいだを駆け回るので、縄がすぐにひっかかってしまう。とにかく人にぶつかること、ぶつかること。転んでそこから上を見ると、縄やらドッジボールやらスカートやら人の手が舞い、起きあがろうにもすきまが見つからない。校庭に出られないで、校舎の壁にもたれて他人が遊んでいるのを見ているしかない者も、半数近くいたのではないかとおもう。

必死ですきまを見つけ、そこをこじ開けないと、遊ぶにも遊べないのであった。それでも教室にいるとなにか取り残されたような気分になるので、みな校庭に出た。気は拡散し、毎日がほとんど躁状態だった。

そういえば、ある昆虫学者からこんな話を聞いたことがある。アブラムシをぎゅうぎゅう詰めにしておくと成長が鈍るので、一匹だけ広い空間に移すともっと成長が鈍る。ひげを動かすと隣のアブラムシのひげに触れる、それくらいの群れぐあいがちょうどいいのだ、と。それが人間についても言えるのだとすると、五十年前の校庭も現在の校庭も異様な空間だということになる。

同じことは家族についても言えそうだ。むかしのように六畳一間にたとえば五人というのは無茶だとしても、各個室に一人ずつ分散というのも、生き物として異様だろう。それに一家族が鉄扉で密封されているというのも異様だ。むかしは（長屋やアパートでは）隣の家族の様子も壁一枚はさんで手に取るように知れた。親子げんかも夫婦げんかも嫁姑《よめしゅうとめ》の諍《いさか》いも。いまは、隣を感知するひげを伸ばそうにも隣のひげに触れられない。それでも触れようとすれば「盗聴」という怪しい行動になってしまう。

ひげを動かすと隣のひげについ触れてしまうような隔たり。ひげに触れてしまうけれど、皮膚には触れないような絶妙の距離。これを教室に、そして集合住宅に移すとすれば、どのような空間のデザインになるのだろうか。

ほかの生き物に学ぶところはまだまだいっぱいあるようにおもう。

あの人が突然いなくなった

家から歩いて五分のところに、昔なじみの洋食屋さんがある。いつもは出前をお願いし、ときたま店を訪ねる、そんな関係がかれこれ二十数年続いている。

店で食事をするときは、いつもカウンターの端にひとりのダンディなご老人が先客としておられた。ずいぶんむかしに退任された小学校の国語教師だそうで、きちんとしたスーツ姿で、毎夕、洋食を食べにきておられた。毎度隣りあわせているうち、自然と親しくお話しさせていただくようになった。

久しぶりに店を訪ねると、めずらしく姿が見えない。聞くと、しばらく前に亡くなったという。言葉を喪《うしな》った。その凹みを埋めようと、店主にそれとなく訊いた。

このところ、夕食のあとに居眠りをされることが多くなった。おっしゃっていることがよく分からないこともあった。店に来られないのでおかしいなとおもっていると、ある日、電話があり、ホテルで転んで入院したあと、いまは遠方の親戚で厄介になっているという。そして、何々が机の引き出しにあるから送ってほしい、何々が押入にあるからどこそこへ届けてほしいと頼まれた。前々から合い鍵を預かっていたので、すぐに対応した。心配で、舞鶴まで見舞いに行くと、「本はあんたにぜんぶあげる」とおっしゃった。

そのすぐあとである、死亡の連絡が入ったのは。この家族は、ご老人の突然の合流に「家庭崩壊寸前」だったという。この家族に頼まれて、洋食店主が住居の整理にあたった。ハイカラなご老人の冷蔵庫はジャムだらけ。けれど電源が入っておらず、ひどい腐臭がした。定年後のわりにはスーツがどっさり。とくにポケットチーフが箱にいっぱいあった。

聞いていた話とはちがう。妻が東京で神経科の医師をしているというのは作り話で、親族から耳にしたところでは終生独り身だった。ヘプバーンが大好きで、駅の掲示板から大きなポスターを持ち帰った、それで店でのご老人のあだ名は「オードリー」となったのだが、そのポスターはどこにもなかった。作り話でまわりのひとを楽しませたかったのだろう。その虚構の人生を、店主も、三十年来の同僚も、深く信じてきた。

けれども店主は、遺品整理という、とんだ大仕事が回ってきたにもかかわらず、「憎めないひと」だったという。息子くらいの年齢の店主に甘えるように頼りきり、他方、店主の奥方には、こまやかな気配りとでもいうか、年に何度か薔薇《ばら》の花束がどさっと届いたという。

二つ、おもったことがある。

一つは、筋の通った人生というのは、虚構や思いなしを養土としているということ。そのことを知りつくしていたらしいご老人は、スタイルの一貫性で身を支えようとした。

いま一つは、家族というのは、血縁関係や養子制度にもとづく「家」としての家族をはるかに超える関係であるということ。晩年のほぼ十年間、毎日、食うこととその周辺の世話をしてきた洋食店主は、あきらかにご老人の、なくてはならぬ家族であった。

恋はせつない、やるせない？

恋愛は、浅いようで深い。いや、逆に、深いようで浅いと言ったほうがいいかもしれない。

恋愛でいちばんリアルなのは、性懲《しょうこ》りもなくということだ。恋の渦中にいるときには、絶対にこれ以外、このひと以外は考えられないと思いつめているのに、恋が破れて（あるいは恋に飽いて）しばらくすると、また恋の虫がもぞもぞうごめきだし、からだがむずむずしてくる。そう、だれかにというよりは、恋そのものに焦がれはじめるのである。そしてだれかと恋に落ちると、その恋はふたたび絶対となる。前の恋であんなに傷ついた、傷つけたというのに。もう二度と恋なんか、とおもったはずなのに。

あのひと以外に考えられない、どうしてもいま逢いたい、と思いつめて、身悶《みもだ》えする。寝ても覚めてもあのひとのことばかり、あのひと以外に考えられないというのは、対象の取り替えがきかないということだ。そう、交換不可能性。明日では意味がないというのは、時間の取り替えがきかないということだ。そう、反復不可能性。その二つが、恋愛の絶対性をかたちづくる。

が、絶対が別のものを対象に、別のかたちでくりかえされるというのは、あたりまえのことだが、それが絶対ではないということだ。絶対でないものを絶対のものと思い込んで反復する。つまりそこでは、交換不可能なものではなくて交換不可能という観念が、反復不可能なことではなくて反復不可能という観念が、反復されているのだ。

なのにどうして、性懲りもなく、あのひとでなければ、いまでなければと思いつめるのか。それはたぶん、〈わたし〉がそこに賭けられているからだ。恋患いが人生いくつになっても治まることがないのは、だれかとの恋がじぶんがここにいるそのたしかな理由をあたえてくれるからだ。「あなたにずっとそばにいてほしい」「あなたがいないと生きていけない」……。「あなた」というかたちで、じぶんの輪郭をきちっとまとめてもらえるからだ。

これを裏返して言えば、ひとはじぶんがじぶんであるたしかな根拠が見あたらないという不安を、いつもこころの奥深くに抱え込んでいるということだ。そのことを、恋にはまっているあいだは忘れることができる。じぶんの存在が、悶えというかたちで内からまとまり、相手の像や言葉によって外からまとめられるからだ。狂おしいということが、痛いということが、その証明になる。それは、手首を、胸板をナイフで傷つけることでじぶんがまぎれもなくここにいるという事実を、というか感覚を、確認する行為に似ている。たまに自死、情死というところにまでなだれ込むこともあるが、たいていはためらい傷で終わるところも、恋と自傷は似ている。

だれかに焦がれているあいだ、やるせないばかりにせつなさが身を包む。が、そのせつなさも、そのひとそのものというよりも、そのひとの微笑みや後ろ姿、脚の組み方や指の冷たさといったものに喚起されるものだ。イメージの断片が、せつなさのスイッチを入れる。「文体（スタイル）は人なり」という言葉どおり、ひとの存在そのものよりもそのスタイルに感応してしまうのだ。そのスタイルに感応してしまうのも、こんどはわたしのスタイル、つまりわたしの想像力のたち、である。つねにある決まった場面でエロティックな情緒が発動しだすのも、想像力にはお気に入りのスタイルがあるからだ。

だれかを心底愛していると思いつめているときも、そのひと自身を愛しているというより、だれかある対象をだしにして、じぶんのお気に入りのあるスタイル、あるシチュエーションにはまりたがっているのだ、という想いをどうしても禁じえない。ひとはひとを愛するのではなく、スタイルを、シチュエーションを愛しているのだ、と。そのきっかけは偶発的にあたえられる。だれかとの出逢いというかたちで。つまり、そのひとがまき散らす、（フェロモンではなく）スタイルの断片に感応するというかたちで。

恋愛といえばついこんなふうに水をさしたくなるのは、恋愛が熱くなりすぎるものだからということで、渦中におられる方々には切にご容赦ねがいたい。

脇役

岸部一徳という俳優がいる。ザ・タイガース、京都が生んだあのグループサウンズのベーシストだったひとだ。テレビドラマのヒット作「相棒」でも、めったに出てこないのに妙に記憶に残る名脇役を演じている。

「相棒」では、水谷豊の演じる刑事が特捜本部を外され、どうでもいいような事件の処理しか担当させてもらえない部署に勤めている。この、いってみれば脇役を主人公にしたドラマのさらにその脇役を、岸部一徳が演じている。

わたしは高校時代に京都会館の楽屋で一度、岸部に会っている。エレキバンドのコンテストで出番を待っていたときのこと。ザ・タイガースはまだファニーズというアマチュア・バンドだった。ジュリー（沢田研二）の横で、練習するのもおっくうといった風情で、寡黙にベースをつまびいていた。

その岸部はベーシストとしての約十年の活動のあと、音楽界から足を洗い、しばらくしてロマンポルノの脇役として、ひっそり再デビューした。

四十年以上前のちょっとした想い出があるので、ブラウン管のなかに岸部の姿を見つけると、ついその役者ぶりに眼がいった。どの役を演じてもいつも同じ。眼がどろんとしていて、語りのテンションもリズムも声量も一本調子。とんだ大根役者か、とはじめはおもった。が、なんともいえない味がある。ありすぎる。

のちにじかに聞いたところでは、役者になったとき「無理をせず、できることしかしない」と決めたそうだ。それを知ってか、ときどきの演出家も、主人公とは反対のキャラクターで主人公をもり立てるだけのそんな役柄を彼には期待しなかった。ふつうなら主人公にいたわりの声をかけるべきところで、逆に言葉を呑み込む。ふつうなら陰で主人公のために泣いてやるべきところを分かってやらない。そんなきしむような隙間《すきま》を思わせぶりにではなく浮き立たせる。だからつい、物語は盛り下がってしまう……。

が、そこが重要なのだとおもう。主人公とは対照的な役柄を演じるのではなく、物語を構成する正・反の対立の地平からむしろ下りたところで、物語のなかにうまく位置づけにくい役を演じる。役にもならない役を演じる。そのことで、物語が物語として終わったあとも解決していないものを引き受ける。物語として描かれながら、その物語によっては割り切れないもの、嚙《か》みきれないものの存在を、一手に引き受ける。喉《のど》に刺さった魚の骨のような鬱陶しい役柄を引き受けるのである。岸部の演技に深い味わいがあるのは、まさにその「反物語」性においてである。

ひょっとしたら彼は、だれも主人公になれない時代の、そのふんづまりを演じているのかもしれない。名前は憶《おぼ》えていないけれど、ああこういうひとといるなあとおもわせる、そんなちょい役を引き受けているのかもしれない。物語の主旋律にたいして伴奏をするのではない。別の、抑揚のない声、いつも変わらぬ低い声で、物語をアシストする。苦しんでいるひととその介護をするひとという、介護の当事者たちを、背後で黙って見守っているケアの専門職のようなひと……。

ベーシスト、そして脇役と、これまでずっとバイプレイヤーとしての役柄を演じてきた岸部一徳。二度目に会ったとき、最後に、「あの俳優、知らないうちに見かけなくなったなあ」といわれるような消え方をしたいと、ぼそっとつぶやいた。

本書は、株式会社KADOKAWAのご厚意により、角川文庫『大事なものは見えにくい』を底本としました。但し、頁数の都合により、上巻・下巻の二分冊といたしました。

大事なものは見えにくい　上

（大活字本シリーズ）

2017年11月20日発行（限定部数500部）

底　本　角川文庫『大事なものは見えにくい』

定　価　（本体2,800円＋税）

著　者　鷲田　清一

発行者　並木　則康

発行所　社会福祉法人 埼玉福祉会

埼玉県新座市堀ノ内3—7—31　〒352—0023

電話　048—481—2181

振替　00160—3—24404

印刷製本所　社会福祉法人　埼玉福祉会 印刷事業部

ISBN 978-4-86596-203-1